Franziska König

Erstaunlich gereift!

Ein Journal

Meiner lieben Mutter zu ihrem 81. Geburtstage!

TWENTYSIX – Der Self-Publishing-Verlag
Eine Kooperation zwischen der Verlagsgruppe Random House und BoD – Books on Deman
© März 2020 by Franziska König
Titelbild: Rehlein: Ein Selbtportrait
Zuschnitt: Andreas Rothfuß, Blankenfelde
Herstellung und Verlag: BoD –Books on Demand Norderstedt
ISBN: **9783740764548**

Familie Rothfuß-König an Heiligabend 1963
(Auch Ming ist bereits dabei – doch d:es weiß zu diesem Zeitpunkt noch niemand)

Von links nach rechts:
Rehlein mit der kleinen Franziska (Kika) auf dem Schoß.
Untere Reihe: Tante Antje und der Opa, auf deren Knien die Zwillinge Heiner und Friedel verteilt sind. Daneben Onkel Rainer, der erklärend den Zeigefinger ausgefahren hat.
Obere Reihe: Der junge Buz neben der Degerlocher Oma, Tante Bea, Onkel Dölein, Omi Mobbl, und der damals erst 14-jährige Onkel Andi.

Die wichtigsten Vorkömmlinge vorweg:

Rehlein (Erika, Eri):   Mutter (*1939)
Buz (der Wolf):   Vater (*1938)
Ming: Bruder (*1964)
Julchen: Schwägerin (*1983)
Yara (Pröppilein):   kleine Nichte, * Dez. 2012

Den Rest findet man am Schluß des Buches im Personenverzeichnis

Ort der Handlung:
Aurich: Hauptstadt von Ostfriesland
Grebenstein: Kleinstadt in Nordhessen
Ofenbach: kleines Dorf in Niederösterreich

Zum Hintergrund der Geschehnisse empfiehlt sich ein Blick auf diesen Link:
Einfach nur - **familie könig vs werner bonhoff** – in die Suchmaschine eingeben

September 2014

Montag, 1. September
Aurich

Nach anfänglichem Schönwetter
wurde es schon bald sehr grau,
blieb allerdings gottlob spätsommerlich warm

Vorwissen

Ende August hatte sich auf Mings holprigem Lebensweg schon wieder eine Baustelle gebildet, und leider sah man sich nun gezwungen, die Verdrüsse des Vormonats in den frischen neuen Monat mithineinzunehmen.

Der „Musikalische Sommer" war vorbei, die jungen Leute hätten etwas Erholung so nötig gehabt, aber da bekam Ming unversehens Ärger mit einer sog. „Tastenfee" – sprich, einer renommierten Cembalospielerin, die sich über die Zeitung empört hatte.

Doch hört selber:

Ming als stellvertretender Intendant hatte nach dem gloriosen Festival eine Pressekonferenz einberufen, und die daraus resultierten wunderschönen Artikel, über die man doch so glücklich war, sollten nun vom Netz genommen werden, denn die aufgebrachte Professorin drohte mit der Anwaltskeule.

Folgende Passagen aus der Zeitung hatten sie in flammende Erbosung versetzt:

„.... die entgegen der vorherigen Abmachung ohne Cembalo angereist war, so daß das Team noch in der Nacht

ein passendes Instrument auftreiben und herbeitransportieren mußte."
Den mit Schwung dahingetippten Passus eines emsigen Journalisten:"..entgegen der vorherigen Abmachung", empfand sie als „rufschädigend, zumal er faktisch falsch sei."

Zu gestrig später Stund´ war ich vom Nordseebad Wremen zurückgekehrt.
Einem Ort, unweit von Bremerhaven, so daß ich damit rechnen mußte, daß vielleicht die Frauke kommt? Eine alte Studienkollegin aus Trossinger Zeiten. Doch die Frauke kam nicht –
„gottlob" und „leider" in einem.
Ich liebe es, Fraukes Briefe zu lesen – grad wegen dem leisen Unterton – und auch Ming bekommt manchmal eine Anwandlung, und hätte Lust einen Brief von der Frauke zu lesen.
„Ich hätte jetzt Lust, einen Brief von der Frauke zu lesen!" so sagt er.
Man wird zum Fraukenkundler, und es bereitet kaum Mühe, sich einen auf jede Lebenssituation zugeschnittenen Brief von der Frauke auszudenken:

> *Mutig, mutig liebe Franze!*
> *In Deinem Alter noch solch schwere Kost auf´s Programm zu setzen! Ich kann mir allerdings nicht vorstellen, daß diese Art von Musik viel Publikum anlockt. Hört man doch in unseren Breiten viel lieber die Schanty-Chöre.*

> *Es sei denn natürlich von international renommierten Interpreten interpretiert – bloß, daß diese Garnitur an Musikern sich womöglich einen husten würde, wenn man sie bäte, in der Kirche von Wremen aufzutreten.*

Der heutige Tag hatte uns zunächst mit herzlichem Sonnenschein empfangen.
Beim Frühstück erzählte ich von Onkel Jesses kleinem Enkel Jamison, der so artig sei, und auf Befehl „cheese" sage, wenn ein Foto geschossen wird, und das Julchen lachte sehr nett dazu.
Er sagt's mit einem süßen hellen Kinderstimmchen.
„Ihr müsst unbedingt auch mal nach Amerika!" fügte ich der Schilderung einen leicht senioril klingenden Passus hintan, und da das ohnehin meist leicht abwesende Julchen kaum je auf Sätze dieser Art einzugehen pflegt, stand er plump wie ein frischgestürzter Plumpudding im Raum, der nun zusammenzufallen drohte, da er von nichts gestützt wurde und so wirkte, als sei er von törichter Seniorinnenstimme um des Schwatzen Willens mit überflüssigen Worten dort hinbeschworen worden.
Julchen könne doch jetzt Managerin beim FC Bayern werden! plabberte ich anbetrachts von Uli Hoeneß's Knastaufenthalt lose.
Sei der Posten dort nicht vakant?
Wie man in der OSL* wohl spitzen würde, wenn in der Zeitung stünd´, daß sich der FC Bayern eine

Spitzenmanagerin aus Ostfriesland ins Boot geholt hat?

„Schrecklich!" murmelte das Julchen, während es in ein anderes Zimmer lief, und mich wehte ein leiser Schreck an, sie könne mich und mein Gequassel meinen, das ja an diesem Morgen wohl nicht das allerklügste war? Man öffnet den Mund und es entweicht eine Torhaftigkeit, die man eigentlich gar nicht hatte sagen wollen.

*Eine Körperschaft im Operettenstaat Ostfriesland

Am Vormittag rief die Veronika an.
Sie meldete sich förmlich, da die geplanten Worte als geschäftliches Telefonat konzipiert waren.
Und dann war die rührende Veronika so erfreut, daß jemand von uns den Hörer abgenommen hatte, nämlich ich.
Die Veronika wollte wissen, ob sie ihr Hospitierungsgeld für den Meisterkurs wohl bereits überwiesen habe? Sie könne leider keine Unterlagen finden.
Da sieht man nun den großen Unterschied zwischen der Veronika und all den typischen Musikern mit denen man sonst zu tun hat, denn der typische Musiker hätte an Veronikas Statt doch wohl eher gefragt, wann *wir* wohl das Honorar für die Mitwirkung im Orchester zu überweisen gedächten?

Gegen Ende des Telefonats saß die arme Veronika ja schon wieder zwischen den Stühlen: Der Jorberg ließ durch allerlei Gestik wissen, daß sie die Leitung blockiere, und „die" Freund"in", mit der sie da angeblich telefoniere, „die" kenne er ja leider allzu gut.

(„Natürlich! Da spricht sie wieder mit Herrn König, so wie immer, und will mich einfach für dumm verkaufen!" dachte der Jorberg in mir verdrossen.)

Ein langer Früchtebrotbrief Rehleins hatte sich angesogen.
„Die Mama hat geschrieben!" sagte ich zärtlich.
„Die blöde Ziege!" sagte Ming am PC, doch er meinte die Mareike, die sich schon wieder kühl, empört und kampfeslüstern aus ihrem Urlaubsparadiese gemeldet hatte:
Sie habe der Ostfriesenzeitung geschrieben, und bereits eine Anwältin angespitzt, gegebenenfalls gerichtlich einzuschreiten. Wichtigtuerisch verlangte die Mareike hinzu von Ming, daß er den Artikel, der doch so stolz auf unserer Facebookseite prangt und womöglich bereits dutzende priapisch in die Höhe gereckte Däumen auf den Plan gerufen hat, löschen möge, und somit *unseren* Ruhm zur Ehrenrettung des ihrigen unter den Teppich kehre – man staune.
Sollte man vielleicht jene Passage schwärzen, von der sie sich seelisch so unschön bezwackt fühlte, und ihren guten Ruf beschädigt sah?

…..die ████████████████████████
████████ war, so daß sich das Team nach Mitternacht, bleischwer und zitternd vor Müdigkeit noch auf den

beschwerlichen Weg begeben mußte, ein passendes Cembalo aufzustöbern und herbeizutransportieren.

Na, dies macht doch wohl neugierig auf den Hintergrund der Geschichte?

Ich las die Geschichte vom Bürgermeister Scholl weiter:
Die Mutti seiner Ehefrau Brigitte trank sich zu Tode, doch Brigitte Scholl tat so, als sei sie die Treppe hinabgefallen, und *dabei* tragisch ums Leben gekommen, da sie ihren Mitmenschen beätchengleich eine heile Welt vorgaukeln wollte.
Der Bürgermeister Scholl wiederum war ein Mann der Tat. Er arbeitete zunächst beim Zirkus, und der Direktor hätte ihn gerne angestellt, weil er fein, künstlerisch und zupackend in einem war.
Bloß die Stasi verhinderte dies auf ihre häßliche Art.

Abends hatte die Mareike Mings Denken ganz und gar ausgefüllt. Sie schickte die Stellungnahme der Ostfriesenzeitung, die sich weigerte, eine Gegendarstellung auszuhandeln. Man könne nicht wegen jeder Kleinigkeit eine Gegendarstellung bringen, denn sonst bestünde die morgige Ausgabe ja wohl nur noch aus Gegendarstellungen, schoss das Blatt in Friesenlogik ein leichtes Eigentor.
Man wußte gar nicht mehr, was man machen solle, und eine erneute anwältliche „Gegeneinander-Aufhebung" wollte Ming um jeden Preis vermeiden.

Ich stellte mir vor, *wie es Mareikes Ehemann nun auch bald zu viel wird: Den ganzen schönen Urlaub auf den man sich doch so gefreut hatte, verdirbt sie ihm mit dieser idiotischen Aktion!*
Ming wurmt und verdrießt, daß sie ihm ganz offenbar unterstellt, er wolle ihren Ruf ruinieren.
All meine liebevollen Versuche, beschwichtigend auf Ming einzuwirken, blieben weitestgehend unbeachtet, da sie im Vergleich zur Tragweite des Geschehens so überaus unbedeutsam schienen, und ich mich somit fühlen durfte, wie einst die Mutti von Ludwig Thoma in den Lausbubengeschichten.

Ich durfte Buzens deutlichen Brief an die neue Ministerin gegenlesen, und versetzte mich hierzu in die Ministerin hinein, die das Schreiben, das eigentlich den Sünden ihrer Vorgängerin geschuldet war, auf Ministerinnenart nur überfliegt.
Zunächst versteht sie nur „Bahnhof", da die Kultur in einem Ministerinnenhaupt letztendlich als zweitrangig eingestuft ist.
Nur eines versteht sie: Daß der Brief scharf gewürzt, und in berechtigter Verärgerung niedergetippt worden war.

Onkel Dölein schrieb, daß er eine Entscheidung gefällt habe: Er wolle seinen alten Schultern keinen unbequemen Flug mehr zumuten, wünschte uns jedoch einen schönen Herbst, bishin zu einem gesegneten Weihnachtsfest, indem er die verbliebenen Monate alle einzeln auflistete, um die dürren Zeilen etwas zu strecken, und ich fühlte mich so, als habe man Onkel Dölein nun zu etwa 75 % bereits bestattet!

Natürlich erwartet man auf diesen Brief hin, daß ich auf unreife Weise in lautes Wehklagen ausbreche, weil ich so infantil bin, und es einfach nicht einsehen will, daß die Flammen der Jahre am Onkel emporzüngeln.

Dreimal schlug das Pech heut zu:

Der Steigbügel meiner Lesebrille brach ab, die Mareike, mit der man sich doch bereits leicht befreundet gewähnt hatte, festigte ihren Unruf als „blöde Ziege", und Onkel Dölein sagte seinen Herbstbesuch ab.

Da denkt man doch an Friedels weise Worte: „Der Ausgleich kommt! – kein Leben der Welt besteht ausschließlich aus Glück oder Pech!"

Ich brachte Ming den gerupfte Brillenbügel, der in seiner bloßen Form an das Bein eines gigantischen Insekts erinnerte, und sagte: „Das schreit doch förmlich nach einem Ausgleich, oder?"

Dienstag, 2. September

Zunächst grau, aber dann wurde es wunderschön!

Gestern ging ich relativ früh zu Bett. Mir war so durmelig zumute, und nun bekam ich auch noch einen lästigen und handfesten Schnupfen. Manchmal erwachte ich mitten in der Nacht, und jedesmal flutete mir der Kummer um Onkel Dölein in den Kopf zurück.

Denn während es mir nichts ausmachen würde, wenn ich die Tante Bea nie wiedersehe, so wurmt und schmerzt dies bei Onkel Dölein.

Der Onkel hat immer auf so wohltuende Weise Anteil an unserem Schicksal genommen, allerdings nur aus der Ferne, und zum Dank habe ich ihm gestern noch einen Brief getippt.

Mein liebster Onkel Dö!

In diesem Jahr wohl nicht mehr, aber Du könntest doch am 1. Januar 2015 zu Besuch kommen?
An diesem Tag wird unser Papa 900 Monate alt, und dies denkwürdige Jubiläum würden wir doch sehr gerne feiern – mit Dir, und nur mit Dir!
Bis dahin haben sich Deine alternden Schulterblätter sicherlich etwas erholt?
Wir vermissen Dich!

Fast jeden Tag passiert etwas ganz und gar Ungewöhnliches:
Vor vier Tagen beispielsweise wurde unser Onkel Wolfhard 80 Jahre alt.
(Ja, unsere Tant- und Onkel stürmen nun im Sauseschritt das Gnadenalter!), doch der Onkel Wolfhard wurde nur knapp 5 Monate alt und starb in einer eiskalten Januarnacht des Jahres 1935 –. Ich denke sehr oft an den verstorbenen Onkel, und denke ich an ihn, so muß ich gleichzeitig auch an den kleinen Leopold aus den „G´schichten aus dem Wiener Wald" von Ödön v. Horvath denken, und jene traurige Szene tritt mir vor Augen, wie eine bitterböse uralte Frau mit verkrüppelten Fingern das Hemdchen vom kleinen Leopold aufknöpfte, so daß sich der kleine Leopold verkühlte und starb.
Wäre der Onkel Wolfhard nicht gestorben, so hätte man sich den <u>Wolfram</u> ersteinmal sparen können. Rehlein hätte ihren Kommilitonen Frank Maus geheiratet, einen hornbebrillten Herrn mit sportlicher Figur, und ich wäre jetzt eine ganz normale Tochter, die Dir einen völlig anderen Brief geschickt hätte –so ungefähr:
„Ja, schade! Doch ich kann Dich verstehen und erwidere die Grüße herzlich!
Gruß, Sabine"
(So wie eben eine normale Nichte schrüb oder schrübe).

Doch jeden einzelnen Buchstaben, mit dem man einen Erwachsenen zur Umkehr oder gar zum Umdenken bewegen möchte, darf man sich im Grunde sparen, und wenn diese Erkenntnis zum Reifen dazugehört, so bezeichne ich mich jetzt als „gereift".

Aber vielleicht wäre es ja netter, wenn man ein Herz für den frisch Moribundelten zeigt, und ihn so in Erinnerungen behält, wie er eben früher einmal war?

Aus dem malerischen emaillierten Krug im Windfang fischte ich einen lustigen kleinen Kinderschirm hervor, um ihn zu bestaunen. Ich fand es so schön, daß wir jetzt einen kleinen Kinderschirm in unserem Besitz haben. Auf der Oberfläche sieht man eine zufriedene Prinzessin mit runden, roten Backen und auf der Schirmspitze richtet sich beim Aufspannen ein kleines Krönchen auf.
Beim Frühstück erinnerten wir uns an das junge Yüsslein, und ich machte dem Pröppilein, das nachts nur selten zu lärmen pflegt, ein Kompliment. Einmal habe ich mit dem Yüsslein in einem Zimmer genächtigt, und so etwa alle zehn Minuten wurde die Nachtruhe durch ein Plärrkonzert unterbrochen.
"Pschsch…die Kika schläft!" mahnte Mutti Hilke scharf.
„Sein Papi hat ihm gefehlt!" mutmaßte der feinfühlige Ming.

Doch der war ja damals noch da, nächtigte jedoch in einem anderen Zimmer, da er sich morgens sehr früh erheben, und für sein Fach-Abitur büffeln mußte.

Nach einer Weile zupften wir Geschwister mit dem Pröppilein Blaubeeren. Das Pröppilein fütterte den Papi, und nach einer Weile fütterte es auch mich, indem es sogar die halben Fingerlein die die Beere umschlangen, in meinen Schlund stopfte.

Ich studierte die Liste der Kriminalfälle, und während ich den einen studierte, studierte ich im Geiste bereits den nächsten.
Zunächst las ich über den pummeligen Amerikaner Lowell Andrews, der bereits mit 22 Jahren gehängt wurde, da er seine Eltern und seine Schwester erschossen hatte, und dies, wo er so schön Fagott blies, zum „nettesten Jungen von Wolcott" gewählt wurde, gerne Dostojewski las, und in der Schule brillierte! Er starb am 30. November 1962 in Lansing/Kansas am Galgen, als ich noch ein kleines Baby war.
Dann las ich über den Frauenmörder Heinrich Pommerenke, der so lang im Knast saß, wie kaum ein anderer.
Die Wachleute, die ihn bewachen sollten, staken in einem Alter, über das zu sagen war: Als *die* geboren wurden, saß der alternde Knästling bereits 15 Jahre ein!

Die meisten seiner stumpfsinnigen Mitgefangenen hatten keine Ahnung, was er eigentlich verbrochen hatte, und im Alter durfte er hi und da in Begleitung eines Gefängnisgeistlichen ein bißchen in der Freiheit herumpromenieren. Man lief gemeinsam zu einer Kirche, da der Sünder das Frommsein als echte Alternative zu seinen Sünden für sich entdeckt hatte.

Die Gretel hatte heute Besuch von einer jungen Dame namens Silvia, einziger Enkelin ihrer verstorbenen Schwester Mechthild.
Zuerst saßen die Damen bei einer schmackhaften Kürbissuppe hoch oben auf dem Balkon. Später saßen sie dann im Garten, und ich stellte mir vor, *wie die Silvia vielleicht auch so ein ekelhaftes junges Ding ist, wie die Lea in der „Lindenstraße"? Sie spielt die sympathische junge Großnichte, der es eine Herzensangelegenheit zu sein scheint, ihre Großtante zu besuchen, doch in Wahrheit will sie die Gretel womöglich berauben, um ihren Lover zu halten?*

Ming kochte für seine Lieben, und gab den Etepetetsamen, indem er etwas übertrieben zur Ruhe mahnte, während er selber ganz normal vor sich hinrumpelte, und sogar das Radio laufen ließ. Aber als die Türklinke ein ganz klein bißchen scheppterte, rief Ming ganz unlogisch und hinzu hochverärgert und laut: „Mann!!!"
Das ärgerte mich maßlos, so daß sich ein richtiger Wust an zwiderwurzigen Worten in meinem Inneren zusammenballte, die ich jedoch nicht anbrachte, weil

ich mich erinnerte, wie enttäuscht der süße Ming gestern wegen der Mareike war, und man darüber hinaus doch versuchen solle, sich ganz und gar auf sein Gegenüber einzustellen.
„Verzeihung, liebster Ming!" sagte ich stattdessen somit nett, und hinzu so wie jemand, der sich nicht immer nur *vornimmt* umzukehren und gut zu werden, sondern es auch wirklich tut!

Mings köstliche Mahlzeit wurde bald darauf auf der Terrasse serviert: Lachs, Zucchini und Reis, und alles schmeckte so lecker und hinzu unverwechselbar nach Ming! Das Julchen war allerdings bereits fertig, als wir Geschwister uns ebenmal niedergelassen hatten.
„Ich bin fertig!" sagte es, und hüpfte von dannen.
Da mußte ich plötzlich an die Bea denken, die sich immer so nach einer heilen Bilderbuchfamilie gesehnt hatte, und zu diesem Gedanken wurde ich von Rührung und Wehmut gestreift.

Historische Erinnerung aus dem Jahre 1984:

Die Bea buk und kochte für ihre Lieben, und das damals 11-jährige schnippische Lindalein schlang alles in Sekundenschnelle hinab, und verschwand augenblicklich wieder auf ihr Zimmer, um Scheologie oder Mathematik zu studieren.
Später fachsimpelte es mit ihrem Papi Ric über hochgeistige Themen, und blendete Mutti Bea hierzu auf

versnobte Weise vollkommen aus, da man ihr als Hausfrau einfach die nötige Kompetenz absprach.

Doch würde ich der Bea von meiner Rührungsanwandlung am heutigen Mittagstisch berichten, so hieße es womöglich: „Die spinnt!" und „Die soll sich lieber mal eine eigene Familie zulegen – aber das ist ja jetzt zu spät!"

Abends auf der Terrasse:
Ming und ich unterhielten uns über den nackten Jörg in Frankfurt. Ein Herr, der sich nackt auf dem Fahrrad hinfortzubewegen pflegt, da er sich von niemandem in seine Garderobe hineinschwatzen lassen möchte, oder aber vielleicht den Eindruck vermitteln will, seine Kleider seien so feingewoben, daß sie nur jemand sehen könne, der noch niemals im Leben gelogen hat.
Er radelt durch den Stadtteil Sachsenhausen, wo die Mireille wohnt – und als Mireille und ich einst im Thailokal saßen und in alten Erinnerungen badeten, da trauten wir unseren Augen nicht: Da radelte der nackte Jörg geschwind um die Ecke. So schnell, wie er aufgeschienen war, so schnell war er auch wieder verschwunden.
Offenbar wird er, zumindest in den warmen Monaten, allgemein toleriert, und hat sich – ähnelnd „Klaus dem Geiger" in Köln - gut ins Stadtbild eingefügt. Allerdings dürfe er womöglich weder eine Schule noch eine Kirche betreten.

In Geschäften einkaufen, das darf er wohl – *denn er tut´s einfach. Er hat einen Köcher in seinen Po gestopft, und darin befinden sich für einen nackten Mann ganz unnatürlich viele 500 € Scheine.*

„Leider können wir Ihnen nicht wechseln", sagen die Verkäuferinnen verlegen. Doch großspurig winkt der nackte Jörg ab. „Behaltense den Rest!" sagt er, auch wenn er sich nur eine Semmel für 29 Cent gekauft hat.

Mittwoch, 3. September
Aurich

Wunderschöner Altweibersommer

Ich ging etwas zeitiger zu Bett, doch der heftige Schnupfen, der mich gestern abend befallen hat, erwies sich als höchst unangenehm, indem sich nämlich ein Nasenloch immer so anfühlte, als sei´s mit Leim gefüllt.

Am Morgen saß ich mit meinem fesselnden Buch über den Polizistenmord von Gera allein im Sonnenschein am Frühstückstisch, und nur ganz hi und da zog ich mir einen Tadel Mings zu, wenn er dem kläffenden Geräusch meiner Husteleien zu entnehmen glaubte, daß ich die Hand ja doch wieder nicht vorgehalten hab? Bringe ich Widerworte an –

bzw. lasse ich meine eingebaute Anwalts-Software für mich selber zu Wort kommen, so stöhnt Ming über so viel Unverstand, und so würde es sich womöglich empfehlen, diese Selbstsschutzsoftware wieder zu deinstallieren, und mich ganz und gar Mings Gedankenpfaden anzugleichen?

Eine Eigenschaft, die Ming vielleicht tatsächlich mit dem Beätchen gemein hat, ist jene, daß er jemanden immer gerne dazu brächte, *einzusehen* wie blöd er ist, bzw. *war*, wenn man´s denn endlich eingesehen und daraus gelernt hat. ← (versöhnlich!)

Doch sieht man´s ein, so ist der nach Einsicht Verlangende auch erst einmal konsterniert, und man gerät in den unschönen Verdacht, ein Wendehals zu sein, der sich Vorteile verschaffen will – wenn denn Reu und Einsicht in diesem Sinne nicht überhaupt verhohnepipelnd gemeint sind?

Ich las weiter in meinem Buche und staunte über die präzisen, messerscharfen und glasklaren Psychologisierungskünste eines Hans Girod, der uns Leser nun über die Untaten des zweiten Bürgermeisters Ackermann in Kenntnis setzte:

In Ackermanns Schicksal hatte sich ein gordischer Knoten gebildet, den es nun zu lösen galt:

Drei Konflikte auf einmal!

Das Scheidungsbegehren seiner Frau, und die Ungewissheit, was hernach mit dem Hof geschähe? Und dann hatte er auch noch eine Dame geschwängert!

(Die bissgürnig veranlagte Mutter eines 6-jährigen Knaben, deren Mann im Knast saß.)
Diese Frau wollte den zweiten Bürgermeister Ackermann unbedingt heiraten, und drohte gar, seinen Ruf zu ruinieren, wenn er sich nicht zeitnah zu diesem anstrengenden Schritt aufraffe.
Wegen den Klatschweibern war´s dem Ackermann egal, doch um seinen guten Ruf in der Partei bangte er sehr.
An einem Nachmittag aß er daheim seine Linsensuppe, und hernach erschoss er die ungeliebte Geliebte im Wald, wohin er sie zu einem Gespräch bestellt hatte, während seine Frau im Obstgarten rackerte.
„Oh, dieser Ackermann!" machte ich mir eine kleine Notiz in das Buch.
Seine Frau trieb die Scheidung voran, dann mußte er sehr lange in den Knast, auch wenn die DDR-Strafmaße bei privaten Delikten dieser Art etwas milder auszufallen pflegten als hierzulande, und schließlich ließ ihn seine Frau wieder bei sich wohnen, da sich unter ihrem zänkischen Grundcharakter eben doch eine gute Seele verbarg.
Der Ackermann war ihr auch sehr dankbar und gelobte Besserung. Etwas, für das es nie zu spät ist.

Auf der Bank neben mir lagen zwei CDs von Sebastian Manz, Klarinettist.
„Gehören die uns?" frug ich das vorbeistürmende Julchen.

„Mir. Die hat er mir geschenkt. Aber du darfst sie gerne hören!"

„Oh, danke!"

Ich zupfte die Folie ab, und legte das Bläserquintett von Mozart ein.

Diese heilende Wirkung!

War mir soeben der Weg in die Küche noch meilenweit erschienen, so schrumpfte er nun auf ein Normalmaß zurück.

„Das klingt ja so, als schraube man an der Aussage des Pianisten herum?!" lachte ich über ein Klanggebilde der Bläser, das sich einer soeben erklungenen Phrase auf dem Klavier anfügte.

Doch die Returkutsche folgte auf dem Fuße.

Ein köstliches Werk!

Ich fuhr zum Combi, und saugte das herrliche Altweibersommerwetter so gut es eben ging, in mich auf, um es als unverlierbar schöne Erinnerung auf meinem weiteren Lebensweg mit mir herumzutragen.

Neben den Einkaufswägen kauerte ein alternativ wirkender Musikant und blies im Bestreben, wenigstens das Pfandgeld für seine Bemühungen abzustauben, wild auf seiner Mundharmonika herum, so daß man schon ein Herz aus Stein hätte haben müssen, um den Groschen in die eigene Tasche zurückzustopfen.

„Die Lottozahlen müßten einem *eingegeben* werden!" dachte ich, während ich ihm den Groschen reichte.

„Sie sich einfach aus den Fingern zu saugen bringt nichts. Und ja: Es gibt ihn – den siebten Sinn. Doch viel zu oft schweigt er."

Abends heulte das Pröppilein laut und barmend. Allerdings versuchte es beim Heulvorgang zu erklären, *warum* es heult. (Rehleins Erbmasse?) „Mond paputt!" heulte es, und tatsächlich war der leuchtende Vollmond, den man hoch über dem Schilf des Oetkenschen Anwesen sah, nurmehr halbiert!

Rehlein schrieb mir das, was ich doch an ihr hatte vorbeischmuggeln wollen: Daß Jochen Zieger* gestorben sei!
*Rehleins erste Liebe! (1939 – 2014)
Ich überlegte, daß es besser gewesen wäre, das Ableben von Opa und Omi-Mobbl an den Geschwistern in Amerika vorbeizuschmuggeln.
Dann würden wir heut noch hi und da Post bekommen, könnten im Namen der Großeltern antworten, und das Beätchen würde wie ein Luchs aufpassen, daß Omi-Mobbl nicht ans Telefon käme, („Grüß sie schön!") da sie immer die selben empörenden Geschichten erzählt(e).
Und dabei erzählt doch die Bea selber ihren Töchtern immer die gleichen, maßlos aufgebauschten empörenden Tina-Geschichten.
Doch vielleicht erzählt sie ja auch dauernd Empörendes über mich? wehte mich ein klamm

stimmender Gedanke an: *Daß ich immer so lange Geschichten erzähle, die niemand hören will, über lauter Leute die man gar nicht kennt, - „und dann läßt sie immer das heiße Wasser so lange kochen, und hat ganz viele Vorurteile!" lässt die Bea ihrem Groll über mich freien Lauf, und die Töchter beginnen zu stöhnen, da man diese Geschichten nun wirklich zu Genüge gehört hat.*
Die Bea nimmt es mir übel, daß ich keine Karriere mache, mich nicht durchsetze, und stattdessen Träumereien und Spinnereien nachhänge.

Donnerstag, 4. September
Aurich

Zunächst ein unerhört schöner Altweibersommertag.
Mittags leicht verschliert. Dann wieder schön

Noch trug ich keine Kontaktlinsen auf den Augäpfeln.
Am Fuße der Treppe ahnte man das verunschärfte Pröppilein mehr, als daß man es sah, und in Friesenlogik dachte ich gar: „Daß man in so jungen Jahren schon so unscharf sein kann?!"
Zu Tagesbeginn verdächtigte der ebenfalls noch verunschärfte Ming mich unverhohlen, - nein, „verdächtigen" ist hierbei zu wenig gesagt, es handelte sich eher um die leicht versnobte Gewiss-

heit eines sich am längeren Hebel der Vernumbfd Bedünkenden – daß ich die ganze Familie mit meinem Schnupfen angesteckt habe, so daß man nun am Fuße eines neuntägigen Lebensqualitätseinbruchs stünde.

Eine normale, saure Schwester hätte jetzt wohl die Returkutschelige hervorgekehrt.

„Wieso ich? <u>Ich</u> hab mich nämlich bei eurem verzogenen Fratz angesteckt!"

Doch würde man diese häßliche Seite in sich ausleben, so wie´s ja leider allzuviele unter uns betreiben, so wäre das Familienglück schon bald im Arsch.

Heute wurde ich 622 Monate alt, und hätte ich in jedem Monat, den ich nunmal auf Erden bin, einen €uro zurückgelegt, so reichte es wohl immer noch nicht, nach Florida zu fliegen, um Onkel Dölein zu besuchen.

„Aber für einen Ausflug nach Ostgroßefehn reichte es allemal!" sollte ich später zur Mittagsstund noch in jäh aufwallender Genügsamkeit und Freude zu Ming sagen, „und da bliebe auch noch was für ein ordentliches Bier über!"

Doch diese Worte sollte Ming schon nicht mehr hören, da man sich im turbulenten Alltag ja irgendwie nur im Vorübergehen sieht.

„Ich hab heut Geburtstag!" rief ich Ming zu.

„Herzlichen Glückwunsch!" sagte Ming lahm.

„Danke", sagte ich ebenfalls lahm, und radelte hinweg.
„Jetzt geht's mir so wie Frau Kehrwald mit ihren Eltern!" dachte ich noch, und vor dem Supermarktportal erinnerte ich mich, wie mir Frau Kehrwald einmal erzählt hat, wie sie sich einst ein Herz nahm, und ihre alten Eltern, Tschuschen vom alten Schlage, bat, ob sie nicht ein *ganz klein bißchen* freundlicher zu ihr sein könnten? Daraufhin waren die Eltern ein *ganz klein bißchen* freundlicher zu ihr.
Frau Kehrwald war sehr freudig überrascht, daß eine freundliche kleine Bitte offenbar ernstgenommen worden war – besser wäre es jedoch wohl gewesen, sie hätte die Eltern gebeten *viel* freundlicher zu ihr zu sein, aber erneut zu bitten, traute sie sich nicht.

Das Frühstück nahm ich schließlich, neben Ming sitzend, auf der Terrasse ein, doch Ming war heut leider, seinem sonstigen sonnigen Naturell geradezu diametral entgegenlaufend, etwas pampig eingestellt.
Eigentlich wollte ich ja nichts Zwiderwurziges sagen, und mich ganz auf mein Gegenüber einstellen, sprach allerdings nur noch kurz aus, daß ich mich doch ebensogut bei Ming hätte angesteckt haben können.
„Jetzt kommt wieder dieses Spielchen!" sagte Ming geödet.
Und zuvor hatte er noch Worte gemacht, die jeder Grundlage entbehrten: „Die Rothfußs sind nie krank. Denen geht es *immer* gut."

Doch wenn Frau Backe die gesundheitlich Gebeutelte hervorkehrt, so findet Ming ja auch nur hohnvolle Worte.

Wahrscheinlich benützt Ming mich als scheinbar Rangniedrigere auch unbewusst als Ventil, da er ja zuweilen vom offenbar ranghöheren Julchen völlig ungerechtfertigter Weise angegriffen wird, z.B. mit Vorwürfen, daß er sich nicht genügend um die Kleine kümmere. Vorwürfe die jeder Grundlage entbehren.

Später saß ich auf der Schaukel, und schaute auf die kleine Familie drauf. Ich stellte mir vor, *ich sei bereits im Jahre 2004 gestorben, beweint, betrauert und unvergessen - säße im Garten und schaute auf die Familie drauf, die mittlerweile ein kleines Kind hat, doch mich sieht niemand.*
Meine Gedanken wanderten weiter, und ich befand mich wieder im Jahre 2003.
Omis Heimgang.

Historische Erinnerung vom 31. Oktober 2003:

Nach der Beerdigung von Omi Ella.
Die Trauergesellschaft versammelte sich im Hochzeitscafé.
Onkel Eberhard ehrte viele von uns mit schönen Worten, („die Edith hat sich ihr Stühlchen im Himmel redlich verdient!") mich jedoch, die ich mich immer liebevollst um die Omi gekümmert habe, vergaß er.

Wieder fühlte ich mich, wie einst die taube Rosl in der Rübezahl-Geschichte.

Ming schreibt derzeit Dankesbriefe an die vielen Sponsoren und ehrenamtlichen Helfer, doch an mich, die ich Buzen beständig mein Auto ausborgte, ehrenamtlich Karten verkaufte und im Orchester mitgespielt habe denkt niemand, und zu dem schönen Rotwein von den Jaschkes, den sie doch nur mir verdanken, haben sie mich gestern nicht einmal eingeladen.

Mings ernstverbreitende Falte auf der Stirn leuchtete bis zu mir herüber, und das Julchen drehte sich in ihrem Liegestuhl hinweg, so daß man bloß mehr ihren Frisurenstöpsel sah.

Ich erhob mich, lief ins Haus zurück, und füllte kleine 45-Minutensäckchen mit „Üb", wobei ich gut vorankam.

Hernach tippte ich einen Brief an Herrn Heike.
Ich schrieb, daß sein Besuch uns viel bedeutet habe.
„Hahaha!" lachte Herr Heike in mir zu diesen schönen Worten freudlos. „Davon hab ich aber nichts gemerkt!"
„Es wurde noch richtig schön!" ließ ich wissen, doch bei Herrn Heike kommen Worte dieser Art wohl so an, als wolle die Gretel mir weißmachen, daß ein ödes Konzert mit Kirsche nach der Pause richtig schön geworden sei.

„*...bis auf die von Jan S. interpretierte Bach-Suite, mit welcher das Festival unglücklicher-weise eingeleitet wurde, und welche ich nicht so*

besonders fand – (grau, seltsam inhaltslos gebläht, und hinzu leicht beamtlich eingetönt) – waren die Konzerte allesamt glorios!" fuhr ich in meinem Schreiben fort.
Herr Heike nahm Bezug zu meinen Worten über den international renommierten Meistercellisten Jan S.
„Mit anderen Worten: so wie meine Werke??! Na, da befinde ich mich ja wenigstens in guter Gesellschaft!" dachte Herr Heike in mir über so viel Unverstand einer Dame!

Freitag, 5. September
Aurich

Zwar warm und sonnig,
allerdings zuweilen etwas verschliert

Ich träumte vom *Rudolf Lipizer-Wettbewerb*.
In der Hochschule standen blunzefarben getönte spanische Wände, an welchen die Zeitpläne angepinnt waren.
„Franziska" las ich meinen Namen auf lose, geradezu holländisch-verbindende Weise, so daß man sich kurz als „eine der Ihren" fühlen darf, auch wenn die „Ihren" in diesem Fall eine gesichtslose Masse blieb.
Ich erinnerte mich an den letzten Rudolf-Lipizer-Wettbewerb, der vor zwei Jahren lieblos in den dichtgewobenen Hochschulalltag gepfercht, eilig und hinzu im Stehen im Foyer abgehandelt worden war.

Die italienische Stadt Gorizia hatte der Musikhochschule Trossingen zehntausend € überwiesen, auf daß ein Geiger mit einem bestimmtem Profil zum Lipizer-Preisträger gekürt würde. Ein Geiger, dessen Büste man in 50 Jahren in einem feierlichen Festakt auf dem Marktplatz von Trossingen aufzustellen gedachte. Wenn die Nestfrisur eines staksigen Junggeigers der Glatze eines reifen Herrn gewichen ist.
(Nicht zu jung, nicht zu alt, nicht zu dick und nicht zu dünn....man wollte einem mäßigen Spitzengeiger mit regionalem Kolorit in Ton und Ausdruck eine Chance geben.)
Auf dem Programm stand wie jedes Jahr Kreislers Rezitativ & Allegro, ferner ein ganz banales Werk. Ein Werk ohne jeden Inhalt, das nur dazu angetan schien, die Kandidaten zu beschäftigen, von anderem Unfug abzuhalten, oder ein Notenblatt mit Notenboppeln voll gemalt zu haben.

Beim Frühstück erzählte ich vom „Ackermann", aus dem grünen Buch über den Polizistenmord in Gera, der mich so an den OSL-Direktor Binnenberg erinnert habe.

Das Gespräch nahm eine Wende, und nun sprach man darüber, daß das Pröppilein sich womöglich den Herpes-Virus eingefangen habe.

Wieder geriet ich ins Kreuzfeuer der Kritik, da ich meine Krankheiten so gerne bagatellisiere!

Das Julchen hatte den Herpesvirus auf wissenschaftlich fundierte Weise so gründlich begoogelt, daß sie nun nahezu überzeugt davon war, daß es sich um den gefürchteten Virus handelte.

Man griff mich ja nicht direkt an, doch ich fühlte die geballte Mißbilligung auf mir lasten.

Die Inkubationszeit betrüge 7 – 17 Tage, und war ich nicht vor 7 – 17 Tagen mit einem Zahnpastafleck auf der Unterlippe durchs Leben „stolziert"?

Das Julchen sagte sachlich und explizit: „Es handelt sich ganz sicher um den Herpes-Virus. Wo sie ihn her hat, weiß ich nicht." (Doch ihre Worte stiegen mir folgendermaßen ins Ohr: „Wer mir den 100 € Schein aus meinem Börsl entwendet hat, das weiß ich nicht [doch infrage kommen nur drei Personen, von denen zwei ausscheiden]."

Man lässt den gefallenen Satz mit dem unausgesprochenen, und doch beredten zweiten Satzteil im Raume stehen.

„Schlimmstenfalls bekommt sie eine Hirnhautentzündung und stirbt!"

Ming und ich wurden aschfahl.

Roboterartig spülte ich das Geschirr, und hatte das Pröppilein bereits mehr oder minder aufgegeben.

Mittags versuchte ich, Bartòks erstes Violinkonzert aufzufrischen, und mitten in dieser Arbeit hörte ich, wie die kleine Familie von einem Ausflug nach Hause kehrte. Ich unterbrach die violinistischen Studien jedoch nicht, und fühlte mich dabei leicht schofel an.

Ob es mich gar nicht interessiere, wie es der Kleinen gehe? Aber andererseits: Lege ich das Gehölze weg und renne hin, so fühle ich mich wie eine lästige

Schwiemu, die nicht leiden gekonnt wird, und einem ständig bei der Entfaltung des Familienlebens im Wege steht.

Abends rief ich in Ofenbach an.
Buz wurde heut vom Zauberberg entlassen, ist somit wieder daheim und setzt sein altes Leben fort, indem man nun zu Abend aß, und einen, wie ich hoffte, fesselnden Kriminalfall anschaute.

Samstag, 6. September
Aurich

Zunächst etwas heiseres „Schönwetter".
Als ich gegen 16 Uhr joggte, da wirkte es wie in einem englischen Park.
Dann ein rasender Regenguss.
Doch schon bald zeigte sich wieder die Sonne, wenn auch in leichte Nebelschwaden gehüllt

Beim Frühstück erinnerte ich mich an den kleinen Sang Dsung*, „denn der kleine Sang-Dsung wird heute 19 Jahre alt!" ← dies erzählte ich beim Frühstück, und die Zahl „19" sprach ich schwerwiegend und bedeutsam aus.
*Söhnchen meiner koreanischen Nachbarn in Trossingen

Was bleibt ist ein kleines Foto in meinem Tagebuch aus dem Jahre 1996, und den kleinen Sang-Dsung habe ich nie wieder gesehen. Sein weiterer Lebenslauf entzieht sich meiner Kenntnis, seitdem die Familie nach Korea zurückgezogen ist, und heut im Nachhinein fühle ich mich ein bißchen so, als hätte ich damals in jungen Jahren auf Art von einem Hausmädchen bei den Nachbarn als Kinderfräulein gearbeitet, und mein sehnlichster Wunsch im Alter sei es, den kleinen Sang-Dsung vor meinem Ableben noch einmal in die Arme schließen zu dürfen.

Am Morgen träumte ich, *daß ich aus meiner Schlafanzugshose aussteigen wollte, dabei jedoch bemerken mußte, daß das doch gar keine Schlafanzugshose war! Es handelte sich lediglich um ein blauweißes Schlafanzugshosenmuster, das auf das Bein drauftätowiert worden war.*
Und nun ließ ich mein derart ausschauendes Bein bei anmutigen Schwimmbewegungen vor meinem geistigen Auge aufblitzen, um mich zu fragen, ob dieser Anblick wohl zumutbar sei, und was wohl allgemein darüber gedacht würde, wenn man sieht, daß man sich in jungen Jahren einst so geschmacklos tätowieren ließ?

Omi Birgit kam zu Besuch:
Das Pröppilein schlief noch, und die Sorgen, die mich normalerweise um Buz & Rehlein plagen, beschwappten mich erstmals nun wegen dem Pröppilein: Schläft es sich wirklich gesund, wie Ming meint – oder ist es tot? Gestorben an einer jähen

Herpesinfektion – beigebracht von ihrer dummen Tante Kika?
Als ich mich endlich mit Kontaktlinsen verschärft zeigte, erhob sich die Birgit mit einem Ruck, und tatsächlich hatte ich ja bereits beim Aufstülpvorgang gedacht, daß die Birgit in all den Jahren noch niemals mit uns mitgegessen hat, so als wolle sie den jungen Leuten nicht den kleinsten Bissen wegessen?
Nun, aber frug sie nach ihren Warmhaltekannen?
„Nicht daß mein gesamter Hausstand im Bahnanum* landet!" sagte sie, und lachte herzlich.
*Dort, am alten Bahnhof, hatte das fleißige Julchen das Büro für den Musikalischen Sommer eingerichtet

Von Papa Ming liebevollst in den Tag hineingepflückt, war das Pröppilein nun wieder wach.
Doch es verlangte unerbittlich nach seiner Mami.
Das hinzugehörige Geschrei braucht jedoch stets einen kurzen Moment um loszutönen. Der Mund war bereits zum Gelärme geöffnet, doch da eilte bereits das Julchen herbei, und so ließ das Pröppilein den Plärrvorsatz fürs Erste fallen, und schaute wieder mit frohem Ausdruck in die noch junge Welt hinein.

Im Marktgewimmel befiel mich die jähe Befürchtung, plötzlich dem Wurzelzwerg Rübel mit Gattin gegenüber zu stehen, und wie das wohl sei, denen bar jeglichen Begegnungskonzepts gegenüberzustehen? Doch diese Begegnung wurde mir erspart,

und stattdessen begrüßte ich eine liebe Frau mit Namen „Frau Frühling".
„Sie hier im Herbst??"
„Hahaha!"

Bald war ich wieder daheim.
„Wieso gelingt es uns eigentlich nie, das Haus aufzuräumen?" sagte Ming, und meine Gesichtszüge fallen bei Worten dieser Art immer total zusammen.
Man möchte es sich gemütlich machen, und nun ist wie alle Tage wieder Hausputz angesagt. Jetzt z.B. putzte Ming den Kühlschrank Teil für Teil.
Schrecklich, aber man möchte andererseits auch nützlich herumspringen.
Und als ich mal kurz durchatmen wollte, ging laut die Heckenschere los.

Wir aßen auf der Terrasse.
Es gab Lachs, Spaghetti und rotes Gemüse, und einmal betadelte das Julchen Ming leicht damit, daß er sich immer das größte Stück Lachs nähme, und nicht daran dächte, dem Pröppilein etwas davon abzugeben. Doch Ming reagiert empfindsam auf dererlei, da es einfach ungerecht und faktisch falsch ist.
Einmal stand ich kurz davor, zu sagen: „Ein Hochgenuß!", doch *das Julchen in mir glaubte, diese hohlen Worte bereits in den Lüften vorknistern zu hören,* und so ließ ich sie unausgesprochen, obwohl sie gepasst hätten. Es war köstlich – und nun steht der hohle

Satz, der ansonsten bald verklungen wäre, eben hier auf dem Papier.

Gestern hatte das Beätchen einen gradezu liebevollen, wenn auch ein wenig winselig klingenden Brief an Rehlein geschrieben, da sie Rehlein plötzlich schrecklich vermisst hat. Einer sentimentalen Anwandlung zur Folge wünschte sie sich ein Zeichen, daß Rehlein ihr gut sei?!
Wochenlang hatte das Beätchen ihre vier Enkelkinder dagehabt, und die Miette („sie ist erstaunlich erwachsen geworden!") und der kleine Luca kamen in den Schilderungen sehr gut weg, während es bei Charles und Coco Eifersüchteleien zu beklagen gegeben habe.

Rehlein schickte heute einen rührenden Kondolenzbrief an Erika Zieger.
Zunächst sprach Rehlein die frischgebackene Wittib noch mit ihrem ganzen Namen an, doch dann duzte Rehlein ihre Nebenbuhlerin einfach, weil ihr alles andere vermutlich lächerlich und unpassend schien?
Ich wiederum erzählte Rehlein in meinem Antwortschreiben, daß die Gretel zum Heimgang ihres Schwippnachbarn Herrn Oetken eine rührende Karte in den Postkasten gelegt hat.
Es handelte sich bei dem Verstorbenen um einen geistig leicht behinderten alten Herrn, der nebenan bei seiner Schwester, Frau Oetken, lebte und Rehlein

einmal ein kleines Sträußlein über die Hecke gereicht hatte.

Eine rührende kleine Geste eines Herrn, der bei seiner Geburt zu wenig Sauerstoff abbekommen hat, so daß er im Leben leider zu nichts nutz war.

„Mit stillem Gruß", hatte die Gretel so rührend in die Karte hineingeschrieben.

Doch meint ihr, der Gretel sei ihr „stiller Gruß" mal gedankt worden??

Heute beschäftigte ich mich gedanklich damit, wie das Julchen, wenn das Pröppilein *mal 51 Jahre alt ist, ständig empörende Kikageschichten erzählt?*
„Die Kika, die dich damals mit Herpesvirus angesteckt hat, die dumme Pute!" und wurde ganz mutlos und niedergeschlagen dabei.

Als es schon ziemlich dunkel war, fuhr ich durch die warme, so jedoch regenverhauchte Glupe, und fand alles so schön geheimnisvoll, auch wenn ich z.Zt. sehr alleine auf der Welt bin.

Ob mein praller, aus dem Nachtgewand herausschielender Milchbunker durchs Fenster wohl wie ein stiller Lockruf anmutet?
Dies frug ich mich zu später Stund, als ich vor dem Bettgang nochmals aus dem Fenster in die Nacht hinausblickte.

Sonntag, 7. September
Aurich

Leicht bräsig, so doch sonnig

Erhoben um 9:27 (!)

Donnerwetter! Dies sind ja Aufstehzeiten!
Windschief wie die Preise bei Combi, und doch begab ich mich nun auf die Tagesumlaufbahn – dem ewigen Kampf gegen Windmühlen, mich endlich ins Rad der Tüchtigkeit zu schwingen.

Ich brachte drei heiße Brötchen, die auf der Unterfläche bereits leicht angekokelt waren, in einem großen Backhandschuh in die Stube.
Tante Beas Ex, der Ric, habe immer so gerne Verkokeltes gegessen, erinnerte ich mich direkt im Stile von Omi Kionczyk, die immer irgendetwas zusammenzubabbeln pflegte, was keinen Menschen interessierte.
Er habe irgendwo gelesen, dies mache stark!
Und der Opa wiederum habe so dringlich vor diesem Unfug gewarnt,- „und dies mit dem Resultat, daß der Opa jetzt verstorben ist, der Ric jedoch noch lebt!" bemerkte ich etwas unlogisch, da ja der Opa fast auf den Tag genau 36 Jahre älter war als sein Schwiegersohn.

„Was mich nicht umbringt, macht mich stark!" habe der Ric ausgerufen.

Zwei weitere kleine Puzzelteile aus Beätchens so reichhaltigem Leben, über das ich dem Julchen ständig ungefragt Informationen zukommen lasse, da ich offensichtlich vom Gefühl geleitet werde, diese Infos, in Julchens Wissensquell gut aufgehoben, dürften durchaus darin mitzirkulieren.

Die Bea liebt Schwule, und würde sich am liebsten als Vorsitzende im Schwulenverein inszenieren, da sie immer große Angst hat, die Schwulen könnten diskriminiert werden.

Das Julchen hindess wertete Ängste dieser Art als typisches Zeichen dessen, daß das Beätchen eine Frau sei, die eine eventuelle „Schwüle" beim eigenen Sohn auf gar keinen Fall tolerieren würde.

Andererseits ist die Bea aber eine Frau, die der Todesstrafe gleichgültig und desinteressiert gegenübersteht, so daß man sie auf Demonstrationen in St. Quentin wohl vergebens suchen würde.

„Thou shalt not kill!"

Nach einer Weile durften wir mit dem Pröppilein malen. Ming zeichnete einen Buben, der wie der junge Hartmut ausschaute. Doch im Versuch ihn auszumalen, besudelte das Pröppilein das frische Burschengesicht unschön, wie ich fand.

Enharmonisch moduliert war die Rede nun auf Gretels Lover „Hartmut" gekommen.

„Der Mann ist das Schlimmste, was der Gretel passieren konnte!" gab sich das Julchen direkt kumpelig, und warnte auch mich vor so einem Dummschwätzer! Wenn er den Mund nur auftäte, so käme nur dummes Zeug heraus, und nur unter dem Einfluß dieses Typen kaufte die Gretel für über 300€ Karten für das sog. „etwas andere Festival".
Ich nahm die lustige Frosch-Kasperlepuppe zur Hand.
„Quaak!" rief ich aus, und fand es so schmeichelnd für die Zunft der Frösche, daß man sich die Mühe gemacht hat, ihnen zu Ehren eine lustige Frosch-Kasperle-Puppe zu nähen.
Wieder mußte ich an den süßen jungen Frosch denken, der in Wiegboldsbur an der Kirche entlanggehupft war.
„Halte dich streng an die Kirchenwand!" habe seine Mutti gequakt, als der junge Frosch in die weite Welt hinauszog – „dann kannst du es gar nicht verfehlen!"

Ich ergoogelte jenen kleinen Ort im Bibelgürtel, in welchem Jens Söring, ein armer Häftling, der offenbar zu Unrecht einsitzt, lebendig begraben ist.
Er nahm die Schuld für einen brutalen Doppelmord an einem reifen amerikanischen Ehepaar auf sich, um seine Freundin davor zu bewahren, auf dem elektrischen Stuhl gegrillt zu werden, da die amerikanischen Urteile immer so schrecklich erbarmungslos sind.
Triefend vor Boshaftigkeit und Rachdurst.

Ein Mensch, der besonders Buzen am Herzen liegt, denn Buz weiß ja genau, wie sich ein verliebter junger Herr fühlt, und hätte an seiner Stelle wohl ebenso gehandelt, wie er nach einem erschütternden Film einmal erzählt hat – bloß daß Buz wohl kaum auf eine so böse Frau hereingefallen wäre?!
Der Knast steht in einem Ort namens Dillwyn:
Es handelte sich um einen winzigen Ort mit knapp 476 Einwohnern, so daß man ihn ob seiner Unbedeutsamkeit leider nur auf Englisch ergoogeln kann.
Und doch hat auch dieser kleine Ort seine Pläne, und eine kleine Kirche.
Auf einem Foto sieht man eine Gruppe lieber bibelfester Leute.

Dann las ich über Darlie Routier nach, eine Dame aus Texas, Variation von Apothekergattin Linda R., die in einer kleinen Nobelsiedlung lebte, die so sicher wirkte, daß man hätte meinen können, hier sei man vom Rest der Welt gut geschützt.
Die dumme Darlie, die ihrem Mann immerhin drei Söhne geschenkt hatte, stand vor einer großen Reichtumsschmelze, die ihr über kurz oder lang verunmöglichen würde, ihr schönes Mittelstandsleben weiterzuführen. Shoppen, shoppen, und nochmals shoppen! Drum erstach sie zwei ihrer drei Söhne, und sich selber fügte sie ein paar oberflächliche Verletzungen zu, um sich als bedauernswertes Hascherl in den Mittelpunkt zu stellen –

bloß, daß sie nun seit 18 Jahren in Huntsville in der Todeszelle sitzt!

„Du wolltest doch dem Akio noch seine Noten schicken?!" erinnerte das Julchen.

Ich benahm mich auch gleich ganz eifrig, bloß handelte es sich um einen Eifer bar jeglichen Konzepts, denn wie man diesen so überaus hohen Notenberg wohl verschicken solle, war mir ein Rätsel, und so fühlte ich mich trotz meines Eifers direkt büzern an. Büzern? Ein selten gehörtes Wort! Nämlich so wie Buz, wenn ihm eine solch sperrige Aufgabe gestellt würd.

Ich übte im Elternschlafzimmer auf meiner Violine, doch meine Tätigkeit erfüllte mich mit Zweifeln: Die Ysaye Sonate z.B. taugt meiner Ansicht nach nicht viel.

Ich empfinde kaum etwas dabei, sie in ihrer bleischweren und anstrengenden Melodramatik herabzusäbeln, und bin mit meinen Gedanken immer woanders. Und dann bin ich froh, wenn der abgearbeitete 45-Minuten-Sack zugeschnürt und in die Ecke gestellt werden darf, - statt auf Art eines Vollblutmusikanten die Zeit bei der Arbeit gänzlich zu vergessen.

Dann pausierte ich, als auch das Julchen soeben Tee aufbrühte, so daß man sich bei dieser Pausierung eigentlich ziemlich gretelig fühlen mußte: Mich einfach in die Pause der kleinen Familie mit hineinzusetzen, wie einst die Gretel in eine vermeintliche Klangwolke Mings.

Historische Erinnerung:

An einem warmen Sommertage lag die Gretel im Bikini auf der Liege im Garten um sich bräunen zu lassen. Durch die Äste und die im Sonnenschein tänzelnden Blätter des Apfelbaums tönte Klavierspiel aus dem Nachbarhaus. Ein junger Klavierschüler versuchte sich an Schnaderhüpferln aus der sog. „Schaumschule" für Anfänger. – Die Gretel stellte ihre Liege etwas näher an unser Haus hin, und sagte so rührend: „Damit ich Iwan besser hören kann!"

Scheinbar versunken las ich einen fesselnden Kriminalfall aus Wolgast, doch das Julchen in mir fühlte sich gestört und beobachtet. Es saß am PC und las höchst konzentriert an einem Text herum.
„Das ist so toll beschrieben!" hätte ich am liebsten einen kleinen Bewunderungsausruf auf Hans Girod losgelassen, "–genial!"
Man deckt einen konzentriert Lesenden einfach ungefragt mit einem Buchstabenhagel ein.

Ich erzählte, wie der Jürgen in den Memorien seiner Frau Jutta leider nicht so großartig wegkam: Sie, die zirka 97% ihrer Worte auf Englisch schreibt, verhöhnte ihn als „Coutchpotato".

„Jürgen R. Coutchpotato!" gab ich somit bei Google ein.

„Besser so, als daß er sich herumtreibt, und als Schürzenjäger versucht!" sagte ich auf Art einer leicht pikierbaren älteren Dame mit moralischem Anspruch, ohne eine Resonanz auf diese Worte zu ernten.

Abends beim Dichten vor dem Hause lernte ich Gretels neuen Lover Hartmut dann doch noch kennen: Nach einem vierwöchigen Urlaub in Kanada tauchte er nun als Balkonmonster auf – wenn zwar in freundlichem Gewande. Und doch hatte ich mittags gesagt: „Ich habe das Gefühl, die Gretel ist einem Heiratsschwindler aufgesessen!" Er lässt sich eine Weile aushalten, und das war´s dann.

„Ich bin Baujahr 40, höhö!" hörte man ihn soeben sagen.

Er spricht angenehm klar und freundlich, und ich hörte diesem Gebabbel einfach zu – es fühlte sich an, als würde man mit dem Zug durch Schleswig Holstein rattern: Alles was man so sieht und hört, ist irgendwie bekannt und vertraut.

Historische Erinnerung aus den 70er Jahren:

Ming und Rehlein besuchten in London die renommierte Klavierprofessorin Maria Curcio, die zu konsultieren, bzw. als Sprungbrett zu einer Weltkarriere zu nutzen, dem jungen Ming sehr ans Herz gelegt worden war.

Ming spielte vor, doch die nervöse Maria Curcio hörte kaum hin, was der so begabte Ming von sich gab, sondern klimperte mit ihren vielen scheppernden Armreifen immer nur nervös dazwischen.

Hernach hieß es jedoch: „Ich würde Sie gerne zum Essen einladen!"

Doch da war man nicht alleine: Der ganze Tisch war voll mit Schülern: Zwölf Schüler insgesamt.

Rehlein und Ming zeigten sich bescheiden und aßen nur ein kleines Süppchen, doch viele von denen orderten sich ein saftiges argentinisches Hüftsteak und hernach hat's schlicht geheißen: „Die Rechnung teilen wir durch 15!" und die schöne Einladung auf der man während der Mahlzeit doch zu schweben schien, hatte sich nach Art einer Wolke einfach aufgelöst und verflüchtigt.

Montag, 8. September
Aurich

Zunächst sagenhaft schön, doch am Nachmittag z.T.
fahrende, düstre graue Wolkenbänke

Am Morgen zeigte sich Ming im Türrahmen, doch einen Kuß brachte mir der Stringente nicht (mehr), da Julchens Art so allmählich auf ihn abfärbt, während das Julchen z.Zt. wirklich sehr nett ist.

Der Weg vom Bett bis auf die Terrasse wird normalerweise stets mit ein paar verbindenden Entzückungsbezeugungen über das Pröppilein gepflastert. Diesmal griff ich mir den köstlichen Froschwaschlappen, durch den ich einen besseren Draht zum Pröppilein zu bekommen hoffe.

„*Ich* will ja gar nicht mit dir spielen. Der FROSCH will mit Dir spielen – Quaaak!"

Und ich hatte eine solche Freude an dem kleinen Frosch!

„Wollen wir zusammen die Tante Kika ärgern?" quakte ich amüsierlich, und biß mich selber mit dem Frosch ins Ohr.

„Autsch, du dummer Frosch!" rief ich sodann erbost.

Wir setzten uns zum Frühstück nieder, und das Julchen lachte so fröhlich zu Mings Schilderungen, wie es bei uns früher zuging. D.h zu Loslachungsbeginn hatte Ming noch moniert, daß ich ganz viel Zahnpasta am Mund kleben hätt.

Man muß Ming nur anschauen, und schon findet er etwas zum Monieren.

Dann erzählte Ming weiter:

Wie Rehlein uns früher den Gesichtswusch schmackhaft zu machen suchte: Man dreht das kalte Wasser auf: „Brrrrrr!"

Und dann klatschte sich Rehlein mit beiden Händen das eiskalte Wasser ins Gesicht, um davon fröhlich und munter zu werden.
Ich griff dies Fädchen nur am Rande auf und erzählte meinerseits, wie der Jorberg seine Teetasse immer zu voll eingießt, und wie die Veronika anhand des überlaufenden Tees oft ziemlich hilflos wirkt. Sie wirft die Arme in die Lüfte, und ist ganz erschüttert, statt zügig in die Besenkammer zu eilen, einen Lappen zu holen, und die Sauerei aufzuwischen.

Für heute hatte sich ein gern gesehener Gast angekündigt: Der Christoph-Otto – und bald war er da. Doch das Pröppilein, das sonst immer so goldig ist, plärrte bei seinem Anblick unverhohlen los, und gab erst Ruhe, als es aus der Sichtweite des offenbar verschmähten Gastes („Sie weiß nicht, wen sie da verschmäht!") wieder ins Computer-Eck verschoben wurde.
Der Christoph hatte eine klaffende Fleischwunde am Arm: Ein Biß seiner leider schwer erziehbaren Tochter beim Ausfechten einer kleinen Meinungsverschiedenheit.

Lebhaft erzählte der Christoph von seinem frisch absolvierten Urlaub. Er war mit Frau & Tochter nach Rostock gereist, doch die Jugendherberge mit Stockbetten, die man als Familie bezogen hatte, sei leider *unter aller Sau* gewesen.
Ich sah alles so plastisch vor mir:

Wie der Christoph ein kleines Handtüchlein am Strand ausgebreitet hat, um den Urlaub mit seiner kleinen Familie zu genießen.
„So sieht man sich!" hört man eine fröhliche Stimme.
Der Kirschneroth, ganz privat, mit einer zierend bunten Badehose bekleidet, braungebrannt und mit nobler Sonnenbrille auf dem Nasenrücken, leuchtend vor Wiedersehensfreude und der frisch aufgetragenen Sonnencreme.
Plauderfreudig lässt er sich neben dem Christoph nieder.

Pröppileins Plärrkonzert, das mir persönlich peinlich war, erklärte ich damit, daß es dächte, daß wir den Gast viel lieber mögen als sie.

Ich kaufte für das Pröppilein ein Malbuch mit einem magischen Stift („Im Zoo"), der allerdings erst für Kinder ab 36 Monaten geeignet ist, und die Bilder in traumhaften Farben aufleuchten läßt.
Beide Eltern schienen sich von Herzen über das schöne neue Malbuch in unserem Besitz zu freuen?
Den Stift hatte ich jedoch versteckt.
Am 22.12.15 dürfe man ihn wieder hervorholen, denn an diesem Tag wird das Pröppilein 36 Monate alt.

Dienstag, 9. September
Aurich

Grau – zu Sprühregen neigend

Heute wird Herr Sieben 65 Jahre alt, und natürlich sollte man Herrn Sieben nicht gänzlich unter den Bekanntschaftsteppich kehren, aber hat er neulich im Combi nicht deutlich mehr Eile ausgeströmt als Not getan hätt´? Eine Eile, mit welcher er sich dem Vorwurf des Culturemuffelns zu entwinden gedachte, denn in unseren Konzerten sieht man ihn wie selbstverständlich nie. („Jaja, ich weiß!")

An der Hecke vor unserem Hause bewegte sich die Charlotte auf mich zu, und so wie Miette und Yaralein angeblich je einen unglaublichen Reifeschritt gemacht haben, so wiederum erschien´s mir heut so, als habe die Charlotte einen unglaublichen Überreifeschritt gemacht. Nein, das war jetzt gemein. Rolf sei nun auch in den heiligen Stand der Rente getreten, und man genieße es! Z.B. mit einem ausgiebigen Lesefrühstück im Bett, so wie heut.
Aber auch Rolf und Charlotte sieht man wie selbstverständlich nie in den Konzerten.
Ihnen gebricht es schlicht an Sitzleder hierfür.
Dann setzte sich die Charlotte an der Weggabelung ganz geschwind auf ihr Radl, und fuhr ebenso geschwind von dannen.

Im Radio lief Beethovens Chorfantasie, und ich fand dieses Werk derart belustigend und genial! Besonders köstlich fand ich beispielsweise, daß der Chor erst im allerletzten Moment, wenn man die Hoffnung auf ein Auftönen bereits aufgegeben hat, denn doch plötzlich noch loslärmt.
Irgendwie erinnerte mich dies Konzept an das Buch vom „Polizistenmord von Gera":
Das ganze Buch erzählt äußerst bannend und packend in meisterhaft lakonischem Stile die unglaublichsten Kriminalfälle aus der DDR – doch von einem Polizistenmord ist weit und breit keine Rede, so daß sich der Lesende diesbzgl. leicht zu wundern genötigt sieht. („Hat sich der Dichter hier mit dem Titel vertan?")
Erst ganz kurz vor Schluß wird die Geschichte vom Polizistenmord ja doch noch erzählt. Eine unglaubliche Geschichte! und daß der Ermordete „Polizist" von Beruf war, spielt darin nicht die geringste Rolle.

Ich fuhr nach Emden, und parkte in einer noblen Wohnstraße. In der Kunsthalle hatte man bereits auf mich gewartet.
Ich bekam eine Ehrengasteskarte, und durfte in die Besucherschwemme mit einsickern.
Begeistert bestaunte ich die schönen Bilder von Jawljensky und Zeitgenossen, und aus einem Bilderrahmen schaute mich Olga Nodel an, - eine sympathische Geigerin aus Worms - so daß ich ihr

dies am liebsten geschrieben hätte. „Du hängst in Emden an der Wand. Wußtest Du das?"

Ich saugte die Bilder mit Blicken alle ganz schnell ein, und hatte auf Veronika-Art immer ein bißchen eine Scheu davor, anderen die Sicht zu versperren.

„Entschuldigen Sie, aber Sie sind nicht die Einzige hier!" oder *„Sie sind sehr schön von hinten, aber wir haben auch gezahlt!"*—Vor diesen und ähnlichen Wortgeschossen bangte der Veronika in mir leicht, aber darüber hinaus ging es mir nicht so besonders: Das ♥! Es fühlte sich leicht säuerlich und entzündet an, aber andererseits gefiel ich mir als herzkranke Dame auf Abruf auf Erden, und ich in meinem schönen Kleid und den geschmackvollen Schnallenschuhen fühlte mich direkt ein bißchen wie die junge Omi-Mobbel einst. Immer schick, duftend und schön.

In einem Seitengang waren die Besucher dazu aufgerufen, eine Wand nach Herzenslust selber zu gestalten. Man solle bunte Klebstreifen zu Gebilden zusammenkleben. Eine Kunstform, die dem Entfalten wahrer Genialität jedoch einen Riegel vorschiebt, und demgemäß schaute die Wand bislang auch nicht wirklich ansprechend oder interessant aus.

Ich las die liebevoll gestaltete Tafel über den Malermeister Jawljensky, der im Jahre 1941 mit 77 Jahren in Wiesbaden starb, und mir tat es so weh zu lesen, daß er mit 67 Jahren plötzlich an schwerer Arthrose erkrankte.

Zum Schluß war er dann ganz gelähmt, und schließlich erlöste ihn der Tod.

Nach dem bewegenden Kunstgenuss besuchte ich das Stern-Archiv.
Zuerst begrüßte ich die patente Vorzimmerdame Frau Jürgens, die allerdings soeben ein Kopfhörertelefonat führte. Unentschlossen begann ich herumzuwarten – mich dabei fühlend, als wolle ich sie belauschen.
Leider hat Frau Jürgens, so patent sie auch ist, eine dahingehende Wellenlänge auf mich, daß ich verlegen und etwas überfreundlich werde, so daß meine Gesellschaft eventuell als anstrengend empfunden werden könnte? Ich fand ja selber, daß ich´s mit meinen Entzückungsausrufen und der Bedankerei etwas übertrieb, und vielleicht sollte man ihr grad diese Überlegungen am Abend in einer E-Mail mitteilen?

Liebe Frau Jürgens!
Sicherlich haben Sie meine übertriebene Höflichkeit als anstrengend empfunden? Für einen simplen Kaffee ein solch Gedöns zu veranstalten! – Seit wann herrschen denn in Emden japanische Sitten?? Dafür möchte ich mich nun in aller Form entschuldigen! Demütig beuge ich mich vor Ihnen....

Danke nochmals!!

Frau Jürgens bereitete mir einen Kaffee zu und stellte ein Schälchen mit Billigkeksen vom Supermarkt dazu, von denen ich hernach etwa vier übrig ließ, um Liebreiz und Bescheidenheit zu verkörpern.

Dann erzählte sie mir, daß ein Herr mit Namen „Herr Fest" die ganzen „Sterne" seit 1948 alle durchgelesen habe. Heft für Heft, Buchstaben für Buchstaben. Man glaubt´s nicht!

Er sei jeden Morgen um kurz vor neun Uhr erschienen, zapfte sich eine riesengroße Tasse Kaffee aus dem Automaten, und ließ sich Butterkekse servieren, um exakt um Punkt neun mit dem Lesen zu beginnen. Er las bis zum Einbruch der Dunkelheit – und dies viele, viele Monate lang. Bis er den letzten Buchstaben aufgesaugt hatte.

Dann verabschiedete er sich.

„Nun habe ich die ganze Geschichte der Bundesrepublik und überhaupt der ganzen Welt im Kopf!" lachte er verbindend.

Hernach kam er nie wieder.

Und nun machte auch ich es mir gemütlich, und las eine Serie über Lebenslängliche, da der *Stern* offenbar ein Herz für Häftlinge hat: Lauter hervorragend geschriebene Artikel. Z.B. über einen geigenden Musterhäftling, der sich im Knast stets so vorbildlich benahm, daß man hätte meinen können, es sei sein

Zwillingsbruder gewesen, der die Untat verübt hat, deretwegen er nun längere Zeit einsaß? Die Drei-Mann Zelle, die er sich mit zwei weiteren Musterhäftlingen teilte, hatte er in eine adrette, behagliche Wohnstätte verwandelt, wo man sich richtig wohlfühlen konnte, und überhaupt kein Bestreben mehr verspürte, jemals entlassen zu werden.

Die drei Herren verstanden sich einfach wunderbar und hatten so viel Spaß miteinander!

Und da sich unser Häftling so mustergültig führte, durfte er andauernd „unter der Hand" hinaus in die Freiheit, und bekam dort sogar einen Traumjob angeboten: In einer Nobelpolsterei. Im Falle seiner Entlassung, so bemerkte er oft, würde er sehr gerne in Gefängnisnähe ziehen, um seine beiden Kumpel, die ihm im Laufe der Jahre sehr ans Herz gewachsen waren, so oft als möglich zu besuchen.

Doch ausgerechnet dieser eine, der sich, als sei es der Vorbildlichkeiten nicht genug, auch noch taufen ließ, wurde nach seiner durch den *Stern* forcierten Entlassung leider wieder rückfällig:

Er heiratete, doch nach zwei Jahren erschlug er seine Ehefrau im Rahmen einer ehelichen Zwistelei, und mußte dafür acht Jahre lang nachsitzen.

Erschütternd fand ich den Fall des 13-jährigen Karl-Heinz Bartels, (einen Fall aus den 50er Jahren) der einfach seine Eltern erschoss: Zuerst streckte er seinen Vater nieder, und als der Vater röchelnd am

Boden lag, schoss der verrohte Jugendliche ihm noch zwiefach in den Kopf. Dann wartete er noch eine halbe Stunde auf seine verhärmte Mutti, die nun mit den schweren Einkäufen die Stiegen heraufächzte, und erschoss auch sie. Hernach stahl er dem verröchelnden Vater 450 DM, und reiste zu später Stund mit dem Zug nach Göttingen.
Dort fiel der eher schmächtige 13-jährige dem Kontrollator auf…

Wieder daheim:
Auf der Terrasse schmiegte sich das Pröppilein plötzlich so freundlich in meine Arme. Ich hob´s hoch, und das Pröppilein fühlte sich so schön leicht und zart an. Es wirkte richtig so, als habe es mich vermisst!
Plötzlich schien das Pröppilein von Anwandlungen erfasst, wie einst Udo Jürgens mit der Karin. („Ich schrieb nie ein Lied für Karin, nie schrieb ich ein Lied für sie!")
Das Julchen war so lieb zum Pröppilein, aber beim Essen mußte sie auch mal laut und bestimmt werden, da das Pröppilein dazu tendiert, das Essen zu zermantschen.
Etwas für die Kinderberichte:
Wir zum Pröppilein: „Wo ist Mamas Philtrum?"
Und das Pröppi stach einfach mit der Gabel danach. „Daaa!"
Einmal war es auch kurz ungezogen, und warf mit dem Messer. (Eine energische Erwiderung auf einen

Tadel vom Julchen.) Dann wiederum lachte es Sekunden später so bezaubernd, als es durchgekitzelt wurde.

Ich hoffte sehr, daß das Pröppilein es vielleicht von mir geerbt haben könnte, daß es nicht ins Trotzalter kommt?

Dann erzählte ich jene Geschichten, die ich heut im Stern-Archiv gelesen habe, und das Julchen fand es unmöglich, daß ein Herr, der seine Frau im Streit erschlägt, bloß acht Jahre aufgebrummt bekommt.

Das Julchen erzählte, wie sie sich einst so gefreut habe, als ihre Klavierlehrerin Frau Mosch von ihrer zweiten Schwangerschaft berichtete.

Und die spröde Klavierlehrerin konnte gar nicht verstehen, warum *sie* sich wohl so darüber freut?

Doch das Julchen tat´s!

Mittwoch, 10. September
Aurich

Grau und trübe

Gestern war ich mit leichten Herzbeschwerden ins Bett gegangen. Meine Kraft hatte nachgelassen, so daß ich die Reste jetzt zum Erhöbnis ziemlich bündeln mußte.

Ming und Julchen standen wieder haushaltstechnisch werkelnd in der Küche herum, und ich „floh" zum Brötchenkauf, vertrödelte mich allerdings leicht, so daß man mir selber durch die Sinne vom Julchen stöhnend hinterherdenken mußte: „Schickt der HERR den Jockel aus…" denn unmittelbar neben der Hecke lief die liebe, fromme Frau aus der Glupe Nr. 28 auf mich zu, und von der Ferne sah es direkt so aus, als schultere sie einen Cellokasten. Doch dieser Schein trog.

Als ein wenig traurig empfand ich´s, daß sie alleine anzutreffen war, doch dem hinzugehörigen krebskranken Herrn ginge es gut! Er fühle sich wohl und voller Tatendrang, und beschäftige sich derzeit mit einer neuen, frisch entwickelten Kontrabassgriffstechnik.

Darüber freute ich mich ungemein. Doch kaum hatte ich mich losgefreut, da wurde die Freude auch schon wieder hinweggelöscht:

Leider sprächen die Untersuchungsergebnisse aber eine andere Sprache, und vielleicht droht ihm schon wieder eine Scheemo?

Wo man auch hinhört – fast allen, die man so kennt, droht derzeit eine Scheeeemo – und ich kann mir nichts rechtes darunter vorstellen.

Man wird an den Tropf gehängt, und mit dampfenden Giften vollgepumpt, erläuterte die fromme Frau, und dies solle einen vor dem Tode bewahren oder auch nicht.

Man bekämpft den Tod mit dem Tod.

Stundenlang sitzt man in der Ambulanz auf unerhört bequemen Sesseln wie im Kino herum, liest die BUNTE und „Frau im Spiegel" und abends fühlt man sich schrecklich verkatert an, und ist für den Rest des Tages, oder auch der Woche, zu nichts mehr zu gebrauchen.
Die liebe Frau befand sich auf dem Wege zum Altersheim, um die Alten mit Liedern und Gedichten zu erfreuen, und nun erkundigte sie sich liebevollst nach Buzen.
Buz ginge es leider nur mittel, berichtete ich bekümmert.
Verlegen gab sie mir einen kleinen Tip: Beten!
„Das ist ein guter Rat!" sagte ich warm, und dann riet sie, sich mit dem Leben von Paul Gerhardt zu beschäftigen, der so tiefgehende Gebete geschrieben hat, die man auch nachbeten könne, wenn einem selber die Beterei vielleicht nicht so liege?
Ich radelte weiter zum Combi, und Maria Obermeyer an der Kasse sagte: „Müssen *Sie* jetzt wieder Brrrötchen houlen? Das macht doch normal ihr Mann!"
„Der ist nicht mein Mann!" sagte ich. „Ich bin unverehelicht!" und lüftete mit diesem keinesfalls alltäglichen Bekenntnis einen Zipfel meiner Persönlichkeit auch für die Umherstehenden. Maria Obermeyer lachte, und meinte, sie sei auch wieder solo, und mit diesem Wissen frisch behaftet trat ich meinen Heimweg an.

Daheim erzählte ich vom Hauspianisten des NDR: Michail Pletnjow.

Mit wenigen verbalen Federstrichen gewann der kadettenartige Sowjetpianist in Julchens Sinnen an Kontur, so fand ich.

Ich erzählte, wie in seinem Konzert im Mozartsaal vom Wiener Konzerthaus im Jahre 1985 jemand tot vom Sitz glitt.

Es gab eine Aufregung.

Der Pletnjow unterbrach sein Spiel, trat von der Bühne herab, und schüttelte der frischgebackenen Wittib mit erstarrter Miene fassungslos und tief empfunden die Hand, indem er sie mit beiden Händen ergriff. Auf seinem Gesicht malte sich Schmerz und Anteilnahme. Dann lief er nach weiterem fassungslosen Getuschel auf die Bühne zurück, und spielte den Trauermarsch von Chopin für den verblichenen uralten, zirka 93-jährigen Herrn, der einen so wunderschönen Tod hatte, wie man sich wohl einig war, und der Witwe liefen Tränen der Ergriffenheit die welken Wangen hinab.

Im gesegneten Alter mitten im Konzert an der schönsten Stelle tot vom Stuhl zu gleiten. Gibt´s was Besseres?

Ich selber vergesse beständig, mir Näheres über den Pletnjow zu ergoogeln, dem trotz aller Virtuosität und Originalität in den Interpretationen etwas Billiges anhaftet – wie beispielsweise einem griechischen Lokal, - während der Kirschneroth

immer wirkt, als solle man ihn mit Glacéhandschuhen anfassen.
Ein Pianist zum Anfassen! Vom Feinsten!

Stephanie Argerich, das wohlstandsverwarlauste kleine Mädchen von einst, das stets überall in die Konzerte mitgeschleift wurde, ist Filmemacherin geworden (preisgekrönt), und drehte einen Film über ihre wunderliche Mutter Martha, die darin ein bißchen als „Göttin", so wie vielleicht Hannelore Elser, rüberkommt?
Unschuldig, verrucht und weltfern in einem, und dies alles auch noch altersgedörrt?

Donnerstag, 11. September
Aurich

Zunächst bräsig,
doch ab Mittag schöner Sonnenschein und warm

Ich schlief tief und lang in einen Tag hinein, dem ich direkt entgegengefiebert hab, obwohl ich mich nur einer kleinen Rumpffreude entgegenbewegte, die hinzu in einen See aus Entscheidungsschwäche hineinmünden sollte, da ich eben KEINE Frau bin, die „weißwassewill".
Mittags um halb zwei sollten die jungen Leute mit Omi & Opi zu einem viertägigen Urlaub auf

Spiekeroog aufbrechen, und auf mich wartete somit ein sturmfreier halber Donnerstag, der jedoch bereits am Freitag in die Entscheidungspein hineinmünden würde, ob ich nicht schon am Freitag nach Grebenstein reisen solle, um von dort aus am nächsten Tage mit deutlich gelichtetem Streß den wogenden und bergenden mütterlichen Brüsten meiner neuen Herbergsmutti Frau Pusinger entgegen zu fahren?

Ich träumte, *daß meine Konzertreifeprüfung so schrecklich glanzlos verlief, und ich mußte ständig darüber nachgrübeln, daß bei anderen das Drumherum der Prüfung doch immer so glanzvoll und schön ist?*
Ich geigte lediglich ein paar graue Gestalten in einer Sitzgruppe an, und unmittelbar nach der Prüfung bekam ich Mumps. Man konnte regelrecht zuschauen, wie sich das kleine Bällchen das sich von einer Sekunde auf die andere in meiner Wangentasche gebildet hatte, expandierte, bis unters Auge hinaufblubberte und die Wange derart aufblähte, daß man mit diesem gebotenen Anblick ja eigentlich nicht mehr durchs Treppenhaus laufen konnte, ohne blankes Grauen in den Augen eventueller Entgegenkömmlinge lesen zu müssen?
Dann wachte ich auf, und lag so schön. Ich lag in einem grauen, und etwas futeralartig umhüllend wirkenden Tag in meinem Bett, und vor dem Zimmer hörte man die jungen Leute emsig packen und laut herumbedenken.
Ich malte mir aus, wie das Schicksal von Skowronneks Enkelin doch noch ans Tageslicht

geschwemmt wird: *Der dampfende Teller mit dem Mittagessen für die kleine Enkelin, der auf dem Tische steht, kommt Mutti Teresa dermaßen merkwürdig vor. daß sie den Teller instinktiv wieder hinwegträgt und im Müll entsorgt. Dabei bemerkt sie erst, daß das Essen über und über mit Bogen-Roßhaaren gemixt ist, und zählt 2 + 2 zusammen... Daran war ihre ältere Tochter vor vier Jahren also gestorben? Doch ohne deren verfrühtes Ableben hätte man sich die neue Tochter doch gar nicht erst angeschafft!*
"..sentenced to live in prison, without possibility for parole!" Das wär das Mindeste, was über den Skowronnek bei Murderpedia zu lesen sein müsste, aber nein!

Da sich Frau Münch als Vormittagsgast angesagt hatte, wurde ein Teekauf zum absoluten „Muß". Doch aus Sparsamkeit kaufte ich einen etwas billigeren Tee, und fühlte dabei eine Mißbilligung von Ming & Julchen in den Lüften auf mir lasten.
Schon zu Einkaufsbeginn hatte ich mich über den hohen Sperrigkeitsgrad der Einkaufswägen geärgert, doch das, was ich nun erlebte, als ich meinen Euro zurückwollte, schlug dem Faß den Boden aus. (Schäumende Worte wie von einem schicksalsgearschten älteren Herrn.) Er klemmte einfach. Ich schob den Wagen zu Frau Ahrens an der Kasse zurück, die doch soeben von einer ganzen Latte an Kundschaft bestürmt wurde, so daß ich kurz warten mußte. Und während der Leser nun diese Wartezeit nacherlebt, nutze ich Selbige dazu, zu erzählen, was ich zuvor im *Stern* gelesen hatte:

Nämlich, wie´s so ist, als alleinerziehende Mutti mit zwei Kindern am Abgrund zu balancieren:
Eine alleinerziehende junge Mutti erlitt einen Nervenzusammenbruch. Sie reiste nach Hamburg zu ihren Eltern, doch die konnten ihr leider nicht helfen. (Zu ihren *geschiedenen* Eltern!) ← auch das noch! Die Mutter erkrankte an Krebs, und der Vater verfiel in Depressionen!
Jetzt aber zeigte sich wieder, wie Frau Ahrends das Herz am rechten Fleck hat. Auch Herr Heineken schimmerte in der Reihe der Einkaufenden, und brachte sich gedanklich ein. Frau Ahrends wühlte nach einem Schraubenzieher, und später gabse mir einfach einen €uro aus der Kasse, damit ich Ruhe gebe!

Auf der Heimfahrt interviewte ich mich selber:
„Ihre Lieblingsverkäufer in Aurich?"
„Frau Ahrens vom Netto, Frau Norde und Frau Obermeyer vom Combi."
„Und welche Verkäufer können Sie partout nicht leiden??" (Eine Frage wie von Herrn Hoogestraat oder Herrn Heike.) Und darauf fiel mir nur die Frau König im REWE Grebenstein, und für Aurich überhaupt niemand ein. Ein herrlicher Sommer!

Freitag, 12. September
Aurich (allein)

Zauberisch schön

In der Nacht träumte ich einen wenig freudvollen unschönen Streßtraum:
Ich fuhr im Auto, und stak in zwickendster Eile. Zunächst fuhr ich durch einen nicht enden wollenden Hotelflur, der ziemlich eng war, so daß ich unentwegt damit rechnen mußte, daß mir jeden Moment ein schrill quietschendes Schabgeräusch durch Mark und Bein fährt.
Eine Türe an der anderen.
Zu umgekehrten „U"s gebogene Zimmermädchen, denen man geschickt ausweichen mußte, da das Auto ganz gegen meinen Willen viel zu schnell fuhr, und die Bremse eher als Gaspedal wirkte, so daß ich mich beim Bremsen sehr zurücknehmen mußte.
Endlich kündete ein Schild mit der Aufschrift „Ausfahrt in 800 m" vom hoffentlich baldigen Ende dieses Angtraums, und daß ein Schild im Traum einem tatsächlich die Wahrheit verkündete, sollte ich dann später nach meinem Erwuch ganz erstaunlich finden! *Draußen führte dann allerdings ein ebenfalls enger Weg dermaßen steil in die Höhe, daß mich der Mut verließ, und ich rasend schnell einen anderen Weg einschlug als geplant.*
Ich landete in einer Tiefkühlgarage und sah so schlecht, da ich vergessen hatte, die Kontaktlinsen aufzustülpen. Alles neblig verschwommen, und mein Gesichtskreis war so eng geworden,

daß ich praktisch nur das sah, was sich direkt vor mir befand. Ich war schon drauf und dran, einen Polizisten zu bitten, mir mein Auto wieder hinauszufahren, doch plötzlich funktionierte der Schlüssel im Zündschloß einfach nicht mehr. Man stupfte ihn hinein, und konnte ihn gar nicht mehr drehen, und das, wo ich doch so in Eile war!

Dies träumte ich wegen der verklemmten Münze im Netto-Einkaufswagen gestern.

Jetzt war ich zwar wach und lag da, doch ich fühlte Angst. Die große, lähmende Angst eines Jemanden, der am Fuße eines schier unbezwingbar hohen grauen Berges steht, der in die Höhe und hinzu ein Nebelfeld hineinragt.

Nach einer Weile läutete es an der Türe: Frau Münch, und in die Begrüßung hinein verwob sich auch die frische Bekanntschaft mit ihrem Ferienhund Onno, der bis zum Donnerstag bei Mutti Münch logiert, und zu dem es streng zu sein gilt, damit er keinen Unfug macht. Z.B. muß er lernen, daß Frau Münch zuerst die Schwelle des Gasteshauses überschreiten darf, und nicht er!

Später lag er unter unserem Tische, und man vergaß ihn ein bißchen.

Umständlich brühte ich Tee auf, und beplabberte meinen Gast beispielsweise über die Gaßmanns: Beginnend mit dem Anekdötchen, wie der Gaßmann in *meinem* Auto geblitzt wurde.

Ich zahlte die Mahngebühr, da ich aber keine Raucher unterstützen will, nur unter der Prämisse, daß dieses so quasi geschenkte Geld als Anzahlung für das so glühend gewünschte Pferd für die kleine Edith zu verwenden sei.

Dies Thema griff Frau Münch nun gleich als Diskussionsthema auf: Daß Kinder nicht alles bekommen sollten, was sie sich wünschen!

Völlig am Kern dieser zu verbindender Entrüstung herausfordernder Thematik vorbei, begann ich schwärmerisch zu erzählen, wie die Akiko in Taiwan uns Kindern eine Weile lang allmorgendlich billigste Plastikkasperlepuppen für 15 Pfennje das Stück mitzubringen pflegte, und wie sehr dies unser Leben verschönt hatte. Jeden Morgen diese freudige Überraschung, und die riesengroße Freude über eine neue Kasperlepuppe, mit der sich doch durchaus etwas anfangen ließ! Unvergessliche Momente – doch hätte die Akiko damals auch so gedacht, wie von Frau Münch postuliert?

Nach einem Besuch bei Netto begegnete ich an der ehemaligen Kreissparkasse meinen frommen, bibelfesten Freunden aus der Glupe Nummer 28 – diesmal im Doppelpack. Ich erfuhr, daß auf den armen Herrn, der ein Kreuzerl am Revers trug, Ende Oktober eine Hammer-Chemo warte. Ein Freund von ihm – Chirurg – habe in derben, leider wenig feinfühligen Worten gemeint, dabei könne man auch draufgehen.

Jetzt aber wollte der fromme Mann sich seinen frischen Mut nicht nehmen lassen und erzählte, wie

er bald nach Heidelberg reise, um auf einem Seminar die frisch entwickelten Kontrabaß-Grifftechniken etwas genauer unter die Lupe zu nehmen. Etwas, was doch wohl auch für Herrn König interessant sein dürfte?
Ich erfuhr, daß der nette Herr Buz und seine freundliche, sonnige Art ins Herz geschlossen habe, und war gerührt!
Beim Weiterlaufen fühlte ich mich bekümmert: Nachher stirbt der arme Herr, und der ins Herz Geschlossene wird gleich mit beerdigt?

Samstag, 13. September
Aurich – Arnstadt

Zunächst Nebelbänke, dann bräunlich feucht umhüllt. Ein Wetter wie in Nikko/Japan – Sprühregen

Erhoben um 4!

Der Mond, der mich nun durch die Restnacht geleitete, war bereits wieder am Abnehmen, und zunächst fuhr ich bei Dunkelheit durch hauchigen Nebel zu Frau Münch, um einen Niklassack mit Nüssen vor die Türe zu legen.
Ich hörte Radio.

Leider wurden die schönsten Meisterwerke der Musik zuweilen roh durch unschöne Verkehrsmeldungen unterbrochen:

Zwischen Kassel und Göttingen liefe ein Pferd auf der Fahrbahn herum, und später hieß es dann, grad dort habe es einen bösen Unfall gegeben, und auch meine Navigatöse erhielt Kunde vom Verdrießlichen, und rechnete mir die Route um.

Der Tag entrollte sich nur zögerlich, und hinzu führte mich der Weg beständig durch gefährliche Nebelbänke.

Ich fühlte mich ein bißchen so, als führe ich nach Thüringen, um meine Omi zu besuchen, und diese Omi heißt „Frau Pusinger".

Kurz nach 7 Uhr legte ich eine erste Teerast ein, und setzte mich hierzu auf eine Bank, die ganz naß war. Unschwer zu erraten, daß ich davon einen nassen Po davontrug.

Beim Weiterfahren hörte ich eine packende Geschichte von Truman Capote: „Miriam".

Sie handelte von einem kleinen Mädchen, das einfach eine fremde Frau bestalkte, und bei ihr einziehen wollte. Zuerst ließ es sich im Kino eine Karte schenken, und dann schellte es mitten in der Nacht am Hause dieser Wohltäterin, um zu fragen, ob es bei ihr wohnen dürfe? Da war die Frau, grad so, wie's im wahren Leben wohl auch gewesen wär, gleich nicht mehr so freundlich.

Die nächste Radiosendung:
Wir Hörer lernten ein Ehepaar kennen:
Er, Cellist im weltbekannten Emerson-Streichquartett, sie, eine taiwanesische Pianistin, die sich wie eine Schlingpflanze an ihm empor in die Höhe zu recken suchte.
Jetzt reisen sie herum, und konzertieren weltweit in Spitzenqualität, wie man hofft. Heut abend z.B. in Rostock.
Dauernd finden sie alles „spannend": z.B., die Küche, die überall anders sei, und die Taiwanesin meinte, beim Konzertieren müsse man vergessen, daß man ein Paar sei, denn dann ginge es nur um die Musik. Das fand ich seltsam, denn wenn *ich* mit Ming musiziere, so vergesse ich keinen Moment, daß er mir gehört. Mein Ming!

Schon gestern abend hatte mich eine Sache mit Reue erfüllt: Als die Bea letztes Jahr über meinen 50€ Schein gesagt hat, sie nähme ihn nur, damit ich mich nicht schlecht fühle, da hätte ich doch wirklich anders reagieren sollen! Ich hätte sagen sollen: „Bea, darf ich ehrlich sein? Ich würde mich viel besser fühlen, wenn Du das Geld *nicht* nehmen würdest. Nicht wegen dem Gelde – das auch – aber: Du bist doch meine Tante! Der 50€ Schein würde irgendwie immer zwischen uns stehen!"
Doch ich hab´s leider nicht gesagt, und nun steht er somit zwischen uns.

Und wann die zeitgeizige Bea wohl Zeit findet in die Stadt zu fahren, die Bank aufzusuchen, um den umzutauschen?! Wahrscheinlich liegt er als Symbol nur herum, welkt vor sich hin wie ein Herbstblatt, und in einigen Jahren heißt es, es gäbe weltweit nur noch eine einzige Bank, wo man diesen Schein noch umtauschen könne – und die stünde in Sydney/Australien.

„Hier also lebt irgendwo der Kreuzworträtselmörder unauffällig unter uns!" dachte ich beim Blick ins thüringische Grün. Ich hatte mein Buch von Hans Girod dabei, aß ein Schinkenbrötchen, und las dazu eine Geschichte über einen vagabundierenden Einbrecher, der in ein Haus einbrach, und einen Jungen umbrachte.
Er leugnete es allerdings nicht groß und sagte einsichtig: „Det war Scheiße!"

Ich besuchte ein Einkaufszentrum in Arnstadt und staunte nicht schlecht: Betritt man das Einkaufsparadies, so wird man mit Orgelmusik von Bach empfangen und geradezu vollgeschwallt – wenn natürlich mit großer Genialität! Im Inneren steht seine Büste, und an der Wand in Stein gemeißelt der hinzugehörige Lebenslauf dieses vergötterten Sohnes der Stadt.
Irgendjemand habe den €uro-Jackpot geknackt: 60 Millionen! erzählte die Verkäuferin in dem kleinen

Tabakladen zu Paradiesbeginn jemandem ganz verdrossen, weil man dererlei nicht fassen will.
Blacky Fuchsberger starb 87-jährig, und die Bild-Zeitung machte es sich zur ehrenvollen Aufgabe, den Trauerpegel seiner Wittib auszuloten.

Die Pusingers leben in einem in freundlichstem sonnenblumengelb angestrichenen Haus in einer Endsiedlungsstraße, und nach der freundlichen Begrüßung inmitten Dankes- und Willkommensworten hieß es, es gäbe Verdrüsse zu beklagen:
Beim Anbau eines Balkons fiel die Elektronik in sich zusammen: Eine Jalousie verharrte auf halber Höh´, und erinnere nurmehr an ein gelähmtes Augenlied, das halb über dem Auge eines vom Schicksal georfeigten Menschen hängt, und zudem käme man nicht mehr ins Internet, und dies, wo Frau Pusinger ihre Briefe doch immer so gewissenhaft auf dem Fuße zu beantworten pflegt!
Herr Pusinger, der seine linke Hand wegen Überstrapazierung einbandagiert hatte, telefonierte demgemäß herum, und das freundliche Häuslein mit seinen sahneweißen Wänden innen, wenn man´s auch in einem Sprühregennebel kennenlernen mußte, behagte mir. Allerdings glaubte ich die ganze Zeit, den schlimmen Krater, den der damals 28-jährige Michael hinterlassen hat, der im April 2004 verstarb, zu erfühlen.
Frau Pusinger ist leider etwas zu dick, - eine Figur, die von Ming nicht gutgeheißen würde - und

demzufolge aß sie von ihrem eigenen Zwetschgenkuchen nichts.
Und wie ihr eigener Ehemann zu dieser Thematik steht, ist mir leider nicht bekannt.

Nach Ofenbach dauert die Reise von hier aus bloß mehr 6 Stunden und 7 Minuten, und die Idee, Buz und Rehlein zu überraschen, nistete sich in meinem Hirnkastl ein. Eine Idee, die auf den ersten Blick vielleicht albern und weltfremd schien, auf meinem weiteren Lebenswege, und später in der Rückblende so jedoch an Bedeutung gewänne, und sei´s, um als Anregung für Onkel Dölein, oder auch die ganzen langweiligen Erwachsenen zu dienen, die niemals etwas Überraschendes machen.
Sie machen nichts Überraschendes mehr, und dann ist das Leben um.

Ich frug Frau Pusinger nach dem Häusl, und war gerührt: 1.) sagenhaft geputzt, und 2.) gab´s unglaublich nobles Büttenklopapier.

Wenig später bot Frau Pusinger an, mir eine Tasse Tee zuzubereiten.
„Gerne!" freute ich mich warm, da ich zu einem Teegenuß noch niemals nein gesagt habe. „…oder soll ich lieber noch mehr üben? Klang das jetzt sehr übebedürftig?" frug ich meine Gastmutti.
Über den Kirchenmusikus Herrn Preller sprachen wir auch, und ich erfuhr das, was ja bereits zu ahnen

gewesen war: Daß nämlich der Preller, den ich so freundlich eingeladen habe, garantiert nicht ins Konzert kommt, und auch auf keine Mails zu reagieren pflegt, dieweil er nämlich nur sich selber im Kopf hat. Einmal versuchte man ihn an einem Montag* für eine Busfahrt mit interessierten Gästen zu mieten, denen er als Experte für Fragen zum Orgelwesen zur Verfügung stehen sollte. Doch der faule Preller versuchte sich vor dieser ehrenvollen Aufgabe zu drücken. Dann wollte man ihm noch 70 €uro in den Arsch stopfen, doch das war ihm zu wenig.
*Der Montag wurde allgemein als „Kantorensonntag" heilig gesprochen

Nach dem Konzert daheim:
Mutti Pusinger erzählte vom bestürzenden Ableben ihres Ältesten: Er wurde krank und starb. Wie eine zum Leben erweckte Rübe aus der Rübezahlgeschichte veränderte er sich. Er wurde träge und welkte vorzeitig dahin, und im Nachhinein fühlt es sich an, als sei der junge Mann seinen Eltern nur geliehen, aber nicht geschenkt worden.
Durch unzählige „gute Gespräche" gelang es dem Pfarrer, dem unlängst das Motorrad geklaut wurde, Mutti Pusinger wieder ins Leben zu führen. Heute kann sie wieder lachen, genießen, und Freude empfinden, und dies dürfte doch wohl ganz und gar im Sinne des Verstorbenen sein?

Sonntag, 14. September
Arnstadt

Feucht, und neblig umhüllt

Ich schlief in einem satinbezogenen roten Doppelbett in einen milchig-neblig eingehüllten Tag hinein, und auf dem wunderschönen Kissen hatten sich leider ein paar verunzierende Kopfschuppen angesammelt.
Ein gestern ausgesäter Gedanke hatte von mir Besitz ergriffen:
Rehlein und Buz zu überraschen.
Wieder steht man an einer Weggabelung seines Lebensweges:
Wenn nicht bloß immer der Hahn mit den dümmlichen Erwachsenenhaftigkeiten im Inneren aufgedreht würd, denn „der Erwachsene" sieht immer gern die Verdrießlichkeiten, die am Ende des Weges auf einen warten.
Er lebt ganz und gar unter dem Banne dessen, daß das dicke Ende ja noch kommt!

Später walzte ich diese Eventualitäten, die zu bedenken wären, vor den Ohren meiner Gasteltern auch noch aus. Ich stellte mir, oder auch uns vor, Ming & Julchen hätten die gleiche Idee: Omi & Opi zu überraschen, und dann wartet eine Horrorwoche wie im Jahre 1982 auf mich? So viele verschiedene

Temperamente unter einem Dach, aus deren Zusammenleben die Demut lang entwichen ist.

„Ich habe das unüberwindliche Bedürfnis, meine geliebten Eltern zu überraschen!" sagte ich.

Herr Pusinger hatte bereits den Tisch gedeckt.

Heut am Tag des offenen Denkmals würde Herr Pusinger ehrenamtlich herumgescheucht, und Frau Pusinger, die derzeit auf Diät ist, wirbelte zwischen den Stunden hin und her.

Sie wurde einfach, und hinzu ohne Rücksprache mit ihr selber, zur provisorischen Kapitänin auf dem sinkenden Schiff dieser kleinen Kirchengemeinde erklärt. Einst als Gastarbeiterin aus dem Schwabenlande nach Thüringen gereist, und zunächst als Sekretärin dieser Kirchengemeinde angestellt, bleibt heut alles an ihr kleben. Der Pfarrer wurde krank und gesundete nicht wieder, Küster und Kantor wurden hinwegrationalisiert, und nun muß Frau Pusinger auch noch den allsonntäglichen Gottesdienst mitsamt Predigt für eine magere Anzahl an Gläubigen abhalten.

Dies jedoch mache sie sehr gut, so daß alle zufrieden mit ihr sind.

Nach einer Weile war ich mit dem Herrn allein, und falls er jetzt ein Naturell wie der amerikanische Kirchenpräsident Dennis Rader gewesen wäre, dann hätte er das Stündchen für einen Lustmord nutzen können. Er erdrosselt mich, karrt mich mit dem Auto in ein Waldstück, und wenn seine Frau

zurückkehrt *dann sitzt er daheim an einem Kreuzworträtsel, so als sei nichts gewesen.*
"Wo ist Frau König?"
"hm??" Papiergeraschel, "...Ach so, die ist bereits nach Marlishausen gefahren, ich soll dich schön grüßen."
Doch dort komme ich nie an.
Aber nein!
Ich erzählte vom Johannes Neckermann, dessen Leben aus verschiedenen Gründen eher freudarm sei.
Ein unüberschaubarer Erzählbusch, den man bändigen sollte, dachte ich beim Erzählen.
An vereinzelten Stellen knospelten Erzählblüten auf, die auch noch bearbeitet werden wollten.
Herr Pusinger erzählte, wie man im Supermarkt zwei Kassen eröffnet habe: Für Leute, die keine Zeit haben, und für Leute, die viel Zeit haben, und an jener Kasse mit den Zeitlosen gab es ein hektisches Gedränge, während an der anderen bloß ein gemütliches, älteres Ehepaar stand.

Einmal rief mich der Friedel auf dem Händi an, und erzählte mir die Geschichte von einem Menschen, der 50 Jahre lang nur mit dem Radl durchs Leben geradelt sei. Einmal radelte er ziellos hinfort und kehrte sehr lange nicht zurück. Erst nach 20 Jahren sah er seine Eltern wieder.
Immer nur Haus & Garten – das war nichts für ihn, und in diesem eskapistischen Lebenskonzept erkannte ich mich selber wieder.

Wandermusikantin! Hat man so was je gehört?

Mit anderen Worten: Man radelt vor Haus und Garten davon, da dies nichts für einen ist.

Über die Bea sprachen wir auch: Ich habe sie mir als Beispiel dafür genommen, wie ich einmal nicht sein möchte: Immer keine Zeit zu haben, und das von anderen auch zu erwarten, da dies in Amerikanerlogik offenbar eine Tugend ist.

Als Mutter von fünf Kindern habe sie gelernt, daß immer alles „zack, zack!" und „Dalli, dalli!" zu gehen habe, wie sie mir einst schrieb.

Die Kinder sind mittlerweile lang aus dem Hause – das Gelernte von einst hat das Beätchen jedoch beibehalten, und ihr sei es eine Herzensangelegenheit dies Gelernte weiterzugeben.

Vom Rainer hört der Friedel gar nichts mehr.

Es habe geheißen: „Keine Besuche!" und der Rainer erzählt immer bloß Blondinen-Witze. Ein tiefgehendes Gespräch zwischen Vater und Sohn ist nicht möglich.

In Marlishausen:

In diesem entlegenen Landstrich hier ist nur noch wenig von Beätchens Lebensstringenz zu spüren.

Ein Thüringer schaute einfach so aus dem Fenster, da die Thüringer ja gemütlich sind, und hinzu meist nichts zu tun haben.

Man studiert die NPD-Wahlpropaganda.

„Made in germany" las man unter dem lieblichen Bildnis eines sympathischen Abgeordneten, und daneben macht ein anderes Wahlplakat direkt Lust auf die NPD.

„Kindergärten statt Asylantenheime". Davor ein arisches Kind inmitten einer Blumenwiese. Die Hauptesoberfläche mit einem lieblich geflochtenen, güldenen Zopf umsäumt.

„Das kann so verkehrt nicht sein!" dachte ich auf thüringerisch, und hätte Ming so gerne angerufen, doch mein Gesprächsporrtner war nicht zu erreichen, und dabei konnte ich das Wörtchen „Kindrgorrdn" grad so toll aussprechen, daß ich mich direkt als begabte Kabarettistin gefühlt habe.

Ach was werfen diese beiden Plakate, die da unbehelligt vor sich hinprangen für ein falsches Bild auf die braven Marlishäuser, von denen man nun über jeden einzelnen denken muß, daß er dächt': „Das kann so verkehrt nicht sein!"

Es erinnert direkt an die Petra, wenn sie bei dem „etwas anderen Musikfestival" in Ostfriesland sagt: „Ich bin hier um Musik, nicht um Politik zu machen!"

Ich war zu Kaffee und Kuchen eingeladen – im Pforrgorrdn- doch ich fand die Stätte nicht, und lief voererst nur herum.

In der Kirche wurde eine Andacht abgehalten. Aber als ich mich dann trotzdem hineinstahl, da wurde ich gleich begrüßt.

„Sind Sie die Frau Wörner?" frug ich eine Frau mit Pony und niedriger Stirn.

„Nein, ich bin die Frau Enke" (Eine Dame, die mir geschrieben hatte: „Wir erbitten einen Teil der Einnahmen!")
Frau Wörner, die auf meinem Anrufbeantworter daheim etwas streng geklungen hatte, begrüßte mich mit großem Überschwang, und sogar einer Umarmung.

Im Gemeindehaus versammelten sich interessante Seniorinnen wie auf einem alten Gemälde. Ein rübezahlartiger Herr mit einer roten Knollennase saß als einziger Herr an einem Einzeltisch, und wie die Neue im Altenheim setzte ich mich nun an einen Omitisch*.
Als allerdings der Rübezahl damit anhub zu erzählen, daß er mich bereits in Kassel gehört habe, setzte ich mich doch zu ihm, und nach und nach füllte sich auch unser Tisch, und auch die Pfarrerin, Frau Enke, nahm Platz, und präsentierte sich auf Tuchfühlung als eine der Unsrigen.
*Selten zu lesendes, so jedoch interessant aussehendes Wort

Ich dichtete noch im Auto, um das Konzert mit getilgten Dichtschulden besser genießen zu können, und Frau Wörner meinte hernach, es seien leider nicht allzu viele Hörfreudige gekommen, und ein herbeigefahrener Bus fuhr auch bereits wieder ab, ohne mein Konzert zu würdigen.

In einem großen Gemeinderaum mit mehreren hohen Fenstern zog ich mich um, und ließ meine Kleidungsstücke einfach im Raum liegen. Grad so wie einst die Prinzessin im See, die ihre Gewänder einfach am Ufer liegen ließ.

Dann spielte ich vor zirka 27 Hörern so schön und zupackend ich nur konnte, und vorallem Helmut Krause, der rübezahlartige Herr in der ersten Reihe hatte einen Narren an mir gefressen, und applaudierte vor Freude mit zitterndem Wangenspeck.

Montag, 15. September
Arnstadt – Ofenbach

Verhangen und nieselig, so wie in den Tiroler Bergen. Während der Reise zwar zuweilen Sonnenschein und warm, doch meist fuhr ich schon nach kürzestem wieder in graues Gewölk hinein

Man stelle sich einmal vor, *ich hätte einen spröden Bruder aus dem Holze eines Tamme Bockelmann: „Deine Intentionen erschließen sich mir – ehrlich gesagt – nicht!" sagt er über die Ofenbachreise,* die in meinem Kopf immer mehr an Kontur gewann.

Man könnte natürlich meinen, meine Intentionen seien jene, daß ich meine Eltern noch genießen möchte, bevor das Alter mit seinen knorrigen Fingern nach ihnen greift, und ein bißchen dachte ich es sogar selber.

Noch im Bette liegend, beleuchtete ich das Thema allerdings von der anderen Seite her: "Ich möchte meine Eltern noch sehen, bevor es mit *mir* zuende geht," dachte der leidenssüchtige Frau-Backe-Verschnitt in mir lustvoll, und Ming erzählte ich im Geiste: „Zweimal bin ich in der Nacht an Herzschmerzen erwacht. Meine Lebenssäfte versiegen."
Doch der Gedanke, meine alternden Eltern allein zurückzulassen, dem erbarmungslosen Alterungsprozess einsam ausgeliefert, tat auch weh.
Hernach betrat ich das so liebevoll gewartete Duschhäusl der Pusingers.

Wieder tauchte ich in meinem kleinen roten Röckchen und den lustigen Ringelstrumpfhosen im Alltag der Eheleute auf.
„Daß eine über 50-jährige sich in einem so lächerlichen roten Röckchen präsentieren muß??!" dachte Mutti Pusinger in mir, und wischte den häßlichen Gedanken ganz erschrocken wieder beiseite.
Der politisch interessierte Herr Pusinger schaute das Morgenmagazin, und einmal wurden Bilder von vor 25 Jahren eingespielt: Ganze Familien packten das Nötigste zusammen, und machten nach Ungarn rüber.

Frau Pusinger präsentierte sich in einem schicken roten Zelthemd, und um ihren Hals baumelte ein Kreuzerl als Symbol ihrer religiösen Gesinnung.

„Jeden Tag überraschen Sie ihren Mann mit einer schicken neuen Bluse, und einer neuen religiösen Gesinnung!" hätte ich gerne gesagt, tat´s aber nicht.

In der Thüringischen Allgemeinen war eine ganz tolle Kritik über mich erschienen, und wegen meiner Altersweitsichtigkeit las Frau Pusinger sie mir vor. Bei der Auflistung der Satzbezeichnungen stolperte sie allerdings etwas über ihre mangelnde Fachbildung. „Gräiv!" sagte sie über das „Grave".

Dann sprachen wir davon, daß Uli Hoeneß bald ein Freigänger wird. Nur zum Schlafen rücke er noch im Knast ein.

Man schaufelte den Weg für eine verbindend empörende Woge frei, und stattdessen erhält man von mir nur eine sachliche Beschreibung der Zelle vom Uli, wo von seinem Vorgänger noch ein Poster mit einem Pin-up-girl an der Wand hing.

„Herr Hoeneß, soll das kleben bleiben?"

Doch seine Frau erlaubte es nicht.

„Man könnte ein Bild mit einem schönen Blumenstrauß an die Wand hängen!" regte sie an.

Generell ist Frau Pusinger der Meinung, daß Straftäter hierzulande mit Glacéhandschuhen angefasst würden. „Immer wieder kommt ihre schwere Kindheit zur Sprache.....es fehlt bloß noch, daß die auch noch eine Belobigung bekommen," sagte Frau Pusinger verdrossen.

Ich aß zwei Laugenwecken mit Marmelade und erzählte, wie ich in der Nacht geträumt habe, daß ich unerhört viele Marmeladen gekauft habe, und Herr Pusinger lächelte mild erheitert, dieweil er womöglich begeistert von mir ist. Ein lieber schüchterner Herr wie Onkel Dölein oder Gregor Piatigorski.

Dann kochte Frau Pusinger Wasser für meine Thermosbuddl. An der Wand in der Küche hängt ein Diplom, da die kulinarisch interessierte Frau Pusinger einst ein Seminar über´s Pralinenzubereiten besucht hat.

Zur Weihnachtszeit bäckt sie immer gerne Plätzchen, doch ob man sich noch richtig dazu durchringen kann, wenn *ein* Familienmitglied einfach nicht mehr da ist? Zwar blickt man nach vorn, und versucht, die restliche Lebenszeit die einem bleibt sinnvoll mit Inhalten zu füllen, doch die Lücke, die der Michael hinterlassen hat, die fühlte sogar ich – und nun war das schicke Häuslein mit der unauffüllbaren Lücke in eine sahneweiße Nebelschicht eingehüllt.

Dummerweise habe ich Frau Pusinger zum Abschied nicht umarmt. Etwas, was ich leicht bereute, und so konnte ich´s mir bei *Herrn* Pusinger, der mir als hinwegstrebendem Gast auf rührende Weise bis zum Auto gefolgt war, schon gar nicht erlauben.

Reise Richtung Ofenbach:

Nach 1 ½ Std. gönnte ich mir eine erste Rast. Auf dem Parkplatz hob ich einen von Frau Pusingers herzlicher Hand zubereiteten Schwarztee, und versenkte mich in meinem alten Tagebuch in die Geschehnisse von heut vor 20 Jahren hinein:
Tone und ich reisten nach Trossingen, und abends kehrten wir im „Bären" ein. In der Erinnerung erfasste mich ein Wirtshausbehagen.

In Ofenbach:
Um die Überraschung nicht zu verwässern, parkte ich vor dem Gasthaus „Zur Burgenländerin", und begrüßte mich mit der Wirtstochter „Martina", die ja immer noch wie ein Kind ausschaut, obwohl sie doch schon seit mehreren Jahren einen fleißigen Ehemann hat! Nur die knallrot lackierten Fingernägel lassen vermuten, daß sie als reife Frau wahrgenommen werden will.
Ihre Mutti, die soeben aus dem Wirtshaus trat, habe Geburtstag, und ich gratulierte mit einem Händedruck, den die brave alte Haut eher etwas Martha-Argerichhaft entgegennahm.
(„Das ist doch nicht mein Verdienst!")
(„Wir Interpreten sind letztendlich unwichtig!")
Hernach lief ich in meinen schicken Schuhen hangaufwärts weiter, und begrüßte mich mit Mutti Hartl, die soeben in ihrem Jeep vorgefahren, nun an die Hecke geschmiegt mit dem Händi telefonierte, und mich mit einem Lächeln und einem Händedruck in Ofenbach willkommen hieß.

Nun begannen die letzten Meter vor dem Wiedersehen mit meiner geliebten Mutter, die auch mich mit Bänge und schier unerträglichem Lampenfieber erfüllten. Rehleins treuer Drahtesel stand in der Einfahrt.

Zuerst schaute ich durch´s Terrassenfenster, und sah bloß Rehleins Handtascherl auf dem Tische stehen. Die Haustür war offen.

„Frau König, saan Sie doo?" rief ich muhend, und färbte meine Stimme niederösterreichisch glanzlos ein.

Dann öffnete ich die Tür, und Rehlein zuckte bei meinem Anblick erschrocken zusammen. Rehlein stak in einem rosa Jäckchen aus Amerika, und sah so bezaubernd aus.

Mit Rehlein war´s schöööön!

Rehlein fand, daß ich so hübsch aussähe.

Buz kam eine Stunde früher als gedacht, doch er war bleich und kurzatmig, und da er ja schon gewußt hatte, daß ich komm´, benahm er sich als Begrüßolant eher etwas unverbindlich.

Übermorgen beraten die Gelehrten auf dem Zauberberg über seine Krankheit, und dann muß Buz womöglich ins AKH? Dort wird eine Thoraxopie gemacht, und vielleicht bekommt Buz eine Drainage?

Buz mußte sich sehr sammeln, bis er sich endlich an den Abendbrottisch setzte.

Rehlein war so goldig! Ich liebte meine Eltern unglaublich, wünschte allerdings brennend auf eine Art, wie ich mir noch nie im Leben etwas gewünscht habe, daß Buz endlich wieder gesund würd! Sollte er wieder gesund werden, so würde ich mir niemals mehr im Leben irgendwas wünschen!

Dienstag, 16. September
Ofenbach

Auch wenn am Vormittag Schmutzwolken z.T. ein
Huulwetter zu verheißen drohten,
oftmals Sonnenschein

Buzens Wege sind kürzer geworden.
Früher erhob sich Buz mit dem ersten Sonnenstrahl, begab sich auf einen Morgenspaziergang, lauschte dem Gesang der Vögel und entzückte sich an den Rehleins, die durch den Wald sprangen. Dann kaufte er frische Semmeln, spielte anrührend auf seiner Violine, und saß hernach am Läptop, um mit Feuereifer an seinen Memorien und Violinlehrbriefen herumzutippen, die er uns hernach glühend vor Mitteilungsschwung vorlas…, doch nun leben wir eigentlich nur noch dem morgigen Tage entgegen, der sich wie eine riesige glatte Felswand auf unseren ohnehin steinigen Lebensweg draufgewalzt hat.

Nun arbeitete Buz am Läptop an einem Brief für seinen Vornamensgenossen „Wolfram Goertz", und ich selber las mich im „Spiegel" an einem Boris-Becker-Interview fest.

Auf häßliche Weise nimmt der „Spiegel" den Boris in die Zange, indem er ihm provozierende Fragen unter die Nase reibt. Grad so, als früge man Buzen: „Sie bestreiten ja generell, daß der Arm überhaupt ein Gewicht hat?" Man treibt den Delinquenten Boris in die Enge und wünscht, daß er Folgendes zugibt: Daß er kein Geld mehr hat – rundum versagt habe, und sich mit seinem albernen Buch nur wichtig machen wollte!

Boris´ Returns warfen ein leicht jämmerliches Licht auf ihn, der nun gänzlich entzaubert, lediglich noch von mattem provinziellen Lichte beleuchtet wird.

In der Küche war mir die Idee gekommen, Onkel Dölein zu schreiben:

Lieber Zwonkel Dö!
Ich nenne Dich heute „Zwonkel", weil Du für mich zwei Önkel in einem bist: Einer, den man schrecklich vermisst, und einen anderen, von dem man vielleicht froh ist, sich von ihm freizuatmen: Dem amerikanischen Dölein!

Auch der hübschen Nicole schrieb ich mal wieder.
Ich versuchte, nicht nur über mich zu schreiben, und ließ anklingen, daß es schön wäre, wenn man sich mal wiedersähe, zumal ich mittlerweile eine Frau um die 50 sei. Doch dies vergäße ich meist, und habe zuweilen das Gefühl, 23 zu sein, so daß ich den Ratschlag „kürzer zu treten", der uns Senioren ja gern gegeben wird, oftmals in den Wind schlage. Bis hierher klang der Brief wie ein ganz normaler Seniorinnenbrief, nun aber bekam er überaschend Schick & Pfiff!
Nein, ich bin ja noch niemals „lang getreten", und bisher hat mir in Wirklichkeit noch niemand geraten „kürzer zu treten".
„Beweg Deinen Arsch!" möchte man mir eher zurufen, und dies tue ich hiermit, indem ich Dir ja endlich schreib!

Rehlein hatte einen so köstlichen bunten Gemüseeintopf zusammengerührt. Hm, dies schmeckte!
Beim Essen erzählte Rehlein von den beiden blutjungen Lehrlingen gestern und vorgestern. „Der eine war so nett!" Am nächsten Tag brachte der Chef noch einen anderen Lehrling mit, und der war sogar noch netter. Doch beide qualmten.

Abendessen:
Rehlein hatte einen köstlichen Hochglanzquark mit Leinöl zusammengerührt, und Buz bekam zum

Nachtisch einen Taler mit Crunchy und einer zierenden Haselnuß obendrauf.

Buz liebt es, zum Tagesausklang einen Taler serviert zu bekommen.

Leider sieht Buz schlecht aus. In den morgigen Tag setzen wir viel Hoffnung, und gleichzeitig fühle ich mich so beklommen bei der Idee, in die schlund- und höllenförmige Tiefgarage des AKH einzufahren, mit welcher Rehlein wiederum so entsetzliche Erfahrungen gemacht hat: Ein erbostes Hupkonzert, weil Buz kein Kärtle hatte.

Ich fühlte mich so, als solle unser Papa morgen in den Knast einrücken.

Mittwoch, 17. September
Ofenbach

Meist sonnig, auch wenn ganz hi und da ein
schmutziger grauer Wolkenteppich vorbeizog

Gestern stieg ich mit einem kleinen Sorgenknäuel in den Keller hinab, das sich auf die Kürze wohl kaum entwirren, so doch im Duschhäusl kurz überprasseln ließ.

Am Morgen war ich zwar wohlig eingebettet, die innere Heizung jedoch noch nicht angesprungen.

Geträumt hatte ich auch: *daß Herr Weimer so rasend verliebt in mich war, daß ich – getragen auf einem aus Schmeicheleien gewobenem fligenden Teppich – freiwillig an einem Orchesterprojekt teilnahm. Dort stand ich nun auf der Liste.*
Klein getippt stand zu lesen: franziska könig, und der Tipperei als solcher war gewiss nicht anzumerken, daß sie in glühendster Liebe niedergetippt worden war. Doch plötzlich schien Herrn Weimers Interesse an mir erloschen, und wie bestellt und nicht abgeholt, stand ich im Traume einfach nur herum.
„Ich habe eine wunderbare Ehefrau," entwickelte Herr Weimer einen epischen Gedanken, „die man in 90 Jahren nur einmal trifft, und es wäre der helle Wahn, dies Glück für eine ungewisse Zukunft mit einem jungen Ding aufzugeben."

Am Morgen ließ ich mich von meinem mühsam herbeigezwirbelten Fleiß in die oberen Gemächer treiben.
Buz mußte heute auf den Zauberberg, und nun galt's, ihn zu verabschieden. Rehlein war sehr nervös, weil immer etwas los ist.
Zunächst galt's herumzubangen, wie Buz den schweren BMW wohl aus dem engen Gatter hinausfährt, und als es nach dem Abschied schon bald wieder im Flur raschelte, schwante einem bereits Böses. *Jetzt hab ich der Kika ihr Auto eingefahren!* Doch es war ja bloß, daß Buz gerade noch rechtzeitig an sein AOK-Kärtchen gedacht hat, das abgängig war. Dadurch, daß sich Buz als kurzatmiger

älterer Herr nicht mehr so gerne bückt, beließ er die Schuhe an, und ich griff nach dem Börsl im Violinkasten, in dem nun kopflos und gleichsam vergebens nach dem Kärtchen herumgestochert wurde, während in Rehlein ganze Geysire mit drückenden Erinnerungen in die Höhe sprudelten, und das ganze Hirn zu überfluten drohten, und dabei hatte Rehlein sich doch soeben noch mit so einer tiefen Umarmung von Buzen verabschiedet.

„Der Mann ist doch wirklich unbrauchbar!" polterte Rehlein, als Buz sich retiriert hatte. Ich warf noch einen vermeintlich letzten Blick auf den Hinwegstrebenden, doch Buz kehrte noch ein allerletztes Mal zurück, und diesmal war er ganz fahl vor Streß: Der Autoschlüssel war verschwunden!

(Doch der lag im Sorgenstuhle.)

Schließlich wurde Buz aus unserem Leben gesogen, und auf einem dicht mit Müßiggangsmolekülen gewobenen Teppich schwebte ich zunächst um die Frühstückstafel herum, und schließlich durch den ganzen Vormittag.

Abends:

Buz hatte einen Brief für den Meisterchirurgen Walter Klepetko dabei, in dessen Hände man nun sein gesundheitliches Glück zu legen gezwungen sah, auch wenn man sich doch gar nicht kennt! Was, wenn es sich um einen arroganten Wiener handelt, bei welchem Buz morgen abend kurz vor sechs vorstellig werden soll?

(„Geh, i kooooan net für jeden Tschuuuschn....")
Ständig gibt´s immer bloß Vorkonferenzen, und in zwölf Tagen kommt doch der Hans-Hermann zu Besuch. Schon wieder ein Stolperstein in Rehleins Bestreben, endlich mal ihr kleines Enkelchen zu besuchen, denn Rehlein glaubt, der einsame Hans-Hermann käme doch wohl nicht zuletzt auch wegen ihr?!
Ich mußte an den hochverpickelten und von Minderwertigkeitsgefühlen gemarterten Robert Hansen denken, den ich heute bereits zwiefach begoogelt hatte, und frug mich, ob auch er wohl einmal irgendwo als Logiergast erwartet wurde?
„Aber Robert hat 17 Prostituierte erschossen!"
„Nicht zu glauben! Soo viele? Vier oder fünf vielleicht – hätte ich gedacht!"

Heute erfuhr ich, daß Rehlein Roberto Blanco nicht leiden könne. Man erfährt doch immer neue Details aus dem Leben seiner Lieben.

Abends begoogelte ich Dr. Walter Klepetko, Buzens Thorax-Chirurgen, - von seinen dankbaren Patienten mit vielen Sternen bedacht. Ich kopierte sein Bild auf ein leeres Blatt, und suchte noch einige andere dazu: z.B. Robert Hansen, Dennis Rader, ein paar Geistliche und Bischöfe, einen regionalen Dirigenten, und schickte diesen Zettel an Onkel Dö. Ich schrieb dazu: „Wem von denen würdest Du Deinen Schwager anvertrauen?"

Donnerstag, 18. September
Ofenbach

Schön sommerlich

Ich träumte regelrecht „schlauchförmig" in jenem Sinne, daß mir die Zeit bis zum Tageserwuch kilometerlang schien.
Vielleicht erschien sie mir auch *jahre*lang, bloß daß das gedehnte Zeitbändel jäh wieder zusammenschnurrte, als der Wecker tönte.
Im Traume hatte ich nämlich ganz woanders gelegen: In einer Wohnung an einer Feldwegsgabelung nahe Trossingen.
Ein häufiges Motiv meiner Träume:
Ich ziehe in einen Ort, wo ich früher einmal gelebt habe – bloß in eine andere Wohnung.
Die Wohnung gefiel mir allerdings gut, und auch Buz schien sich dort heimisch zu fühlen, und breitete sich pädagogisch schon mal aus, indem er einen Notenständer auffaltete und in einem Winkel aufstellte.
Leider ließ sich diese Wohnung kaum putzen und umgestalten, da die Regale mit unzähligen Puppen, Stofftieren und sonsterlei Nippes die Wände umspannt hielten – vom Vorbesitzer stammend, so jedoch nicht ohne Reiz.
Zum Frühstück liefen Zoogeschichten aus Frankfurt und man sah allerlei: z.B. eine böse Schnappschildkröte mit säuerlich, länglicher Miene, in einem dunkelgrünen Aquarium, die von einem professoralen Herrn gefüttert wurde. Doch Dankbarkeit

kennen diese Tiere leider nicht. Wüst schnappte sie dem Herrn den angebotenen Fisch aus der Hand, und es erinnerte mich direkt an Fräulein Beitelmann an der Combi-Kasse in Aurich, wenn sie einem einen Geldschein so häßlich aus der Hand rupft, ohne sich das Geringste dabei zu denken.

Ich versuchte einen Schüttelreim auf „Wanzenschwein" hinzubekommen, und involvierte sogar den versunkenen Buz in diese läppische Aufgabe. Am „Vino Tinto" entzündete sich eine kleine Geschichte aus Rehleins Leben:

Historische Erinnerung aus den 60er Jahren:

Wie Rehlein mit ihren Eltern Urlaub in Italien machte. In einer kleinen Wegspelunke lernte man eine Gesellschaft kennen, hob Vino Tinto und war lustig! Bloß erinnerte man sich am nächsten Morgen nicht mehr, wie man bloß in seine Schlafstätte zurückgelangt sein soll, und Mobbl war hinzu sehr verlegen.

„Jetzt kommt´s mir vor, als hätte ich zwei wunderschöne Reisen mit Dir gemacht!" sagte ich Rehlein herzlich und genügsam: Gestern nach Indien und heut nach Afrika – bloß weil man die muskulösen Warzenschweine unter bläuestem Himmel genossen hatte.

Um viertel vor sechs am Abend sollte Buz in der Skoda-Gasse beim Dr. Klepetko vorstellig werden. Einer Kapazität auf dem Gebiet der Thoraxchirurgie, den ich nun extra für Buz nochmals herbeigegoogelte: Man schaut auf einen quadratisch reifen Herrn drauf, der schrecklich österreichisch aussieht.
Onkel Dö hatte auf meinen gestrigen Brief geantwortet, ohne daß dem Antwortschrieb zu entnehmen gewesen wäre, ob er sich die Fotos überhaupt angesehen hat.
„Ich vertraue nur noch meinem Hündchen!" ließ der Onkel wissen, und schickte ein liebes Foto zum Beweis: Er mit seinem kleinen Liebling im Herbst-Sonnenschein.

Buz telefonierte sehr lange mit der Ministerin, und doch saß man in gewisser Weise noch im warmen Wasserbad des „Wait & see", wie der moderne Mensch nun in sein Tagebuch schreiben würde, denn noch schlimmer wäre es ja gewesen, Buz käme nach einer gefühlten Endlosigkeit aus dem Musikzimmer, und seine bleich gewordene Nase zittere vor Wut!
Doch stattdessen malte sich auf Buzens einer Wange ein zartes Rosenblättchen, und Buz berichtete stolz, wie er der Vorzimmerdame stellvertretend für ihre dumme Chefin den Marsch geblasen habe – und diese Dame habe Buzen intensivst gelauscht! [„Aha, solch eine erbärmliche Gestalt ist also meine Chefin?!? Hab ich dies nicht lang geahnt??"]← „Dies

habe sie zwar nicht wörtlich so gesagt, so jedoch fühlen lassen!" freute sich Buz, und wir uns mit ihm.

Gerne folgte ich Buzen somit zu einer Violinlektion in den Musiksalon. Auf dem Klavierschemel nahm ich vor dem Referierenden Platz und lernte Fingeraufklappfinessen der feinsten Art – und im pädagogischen Rausch vergaß Buz, wie ich hoffte, zeitweise die Kümmernisse um seine Gesundheit.

„Schau dir mal den Heifetz an!" hieß es, wie schon so oft.

Und tatsächlich schauten wir nach einer Weile den Heifetz an, der wie stets einen leicht angeekelten und hinzu hochversnobten Ausdruck auf dem Gesichte trug. Da kann er Läufe spielen, so fulminant er will, und ich hätte trotzdem keine Lust dazu, einen Abend mit ihm zu verbringen.

In der Tat spiegelt man sich in den Sinnen vom Heifetz immer als dürftig und überflüssig

Wir hörten auch noch kurz in die Heifetz´sche Chaconne hinein, doch in dieser geistigen Ackerfurche hielten wir uns nicht lange auf, und die Chaconne von der Mullova wiederum klang viel differenzierter, so daß man sich beim Abschalten noch etwas schuldiger fühlen mußte als beim Heifetz, aber uns Geigern gebricht´s schlicht an Geduld, uns die Chaconne von fremder Hand interpretiert anzuhören.

Bald darauf musizierte, bzw. *rang* der leider alt und häßlich gewordene Gidon Kremer vor dem goldenen

Altar in Lockenhaus an diesem schweren und uferlos wirkenden Opus herum.

Zur Mittagsstund herrschte bei uns eine Aufregung. Rehlein war die ganze Zeit schon so fleißig, - schon während der Violinstunde hatte man Rehleins goldiges Schöpfle bereits am Fenster vorbeifahren sehen, und dann heulte, grad wie in dem Hit von Reinhard Mey auch noch der Rasenmäher auf.
Einmal erschrak ich schrecklich, weil mein Autoschlüssel abgängig war. Mein Auto versperrte Buzen den so herbeigesehnten Weg zur Genesung, und eine Weile lang fühlte ich in meinen klobigen Gartenpantinen mich paralysiert.
Rehlein war ohnehin hochnervös, da Buz ja noch einen DKV-Wisch brauchte, den es nun mühevoll herbeizusuchen galt.

Bald stieg einem bereits der köstliche Duft des Mittagsmahls in die Nüstern, und ich erzählte von Gidon Kremer, und daß so quasi alles, was er so von sich gibt, hochgeistig klingt und wirkt. Er krümmt sich in sein eigenes Hirn hinein, um die klügsten Gedankenfladen die dort herumliegen, aufzuklauben und zu präsentieren. Doch nimmt man das Substrat seiner Worte zur Hand, um selbiges etwas genauer in Augenschein zu nehmen, so muß man sich eingestehen, daß er nur Dinge sagt, die jeder weiß und unterschreiben kann.

Lächelt der alt und häßlich Gewordene, so sieht er mit einem Schlage bezaubernd aus: Die Häßlichkeit hinfortgewischt wie mit einem Wischmopp, von wischkundiger Hand geschwungen.

Man sah den Gidon mit Tonmeister Mühle beim Fachsimpeln, und auch dabei, wie er sich mit Bachs E-Dur Partita „einen abrang".

Der Schluß vom ersten Satz schien ihn nicht zu befriedigen, und den allerletzten Ton spielte er ganz spitz und kurz.

„Jeder normale Mensch würde es doch ganz normal spielen!" sagte ich entwaffnend, und sang vor, wie es doch ganz normal kläng.

Ein ganz normaler E-Dur Dreiklang scheint auszurufen: „Und wenn sie nicht gestorben sind, so leben sie noch heute!"

„Doch dies hatte sich der Gidon nun mal als kleines Späßlein ausgedacht, und so gesehen ist es doch wirklich ganz bezaubernd!" dachte ich warm, und freute mich nochmal so sehr an dem unorthodoxen Schlußgebilde.

„Und wenn sie nicht gestorben sind, so leben sie noch hütt!" ← so ungefähr sollte sich der Leser das Hörerlebnis vorstellen.

Ich erzählte meinen Eltern, daß wir uns so über das Pröppilein freuen: Endlich mal den frohen Lebensbeginn, statt immer nur den faden Lebensabgesang mitzuerleben!

Ich brachte unseren Schatz zum Bähnle, doch als Buz dann langsam um die Ecke schlich, mußte ich niedergedrückt über Buzens alten Opa Karl nachdenken, der heut nur mehr in Form eines gerahmten Gemäldes in der Grebensteiner Stube an der Wand hängt: War er nicht selber auf seinen eigenen Füßen ins Spital gelaufen, und hatte ihm seine jüngste Tochter Ella, unsere Omi, bei diesem Anblick nicht versonnen durchs Küchenfenster hinterhergeblickt?

Es sollte der letzte Anblick gewesen sein, - und hatte ich Buzen jetzt nicht versonnen durchs Autofenster hinterhergeblickt?

Man hatte gesagt: „Karl! In Deinem Alter ist mit dem Gesundheitlichen nicht zu spaßen! Laß Dich einmal gründlich durchchecken!!"

Und so ging der Karl ins Spital um eine Vitaminspritze zu bekommen. Doch der drogensüchtige Arzt verwechselte zwei Spritzen, die dort herumlagen. Die eine war zur Einschläferung eines alten Ackergauls gedacht – doch der Ackergaul bekam die Vitaminspritze, und wenn er nicht gestorben ist, so lebt er noch hütt!

Hi und da übte ich, und von Gidon Kremer habe ich ja auch etwas gelernt: Nämlich, wie man es lieber nicht machen sollte: Dinge zu unterstreichen, die doch für jeden hörbar sind? Mit dieser frischen Erkenntnis spielte ich den 1. Satz von der d-moll Partita. Ein Werk, das Bach ohne abzusetzen niedergeschrieben hat, und das ebensogut völlig anders hätte geraten können. Doch der von der Muse geküsste Bach mußte nur die Feder zur Hand nehmen und einen Ton niederschreiben, und schon klang der eine bereits unverwechselbar nach Bach.

Schließlich rief Buz an.
Buz klang fern und schwach, doch es hieß, mit etwas Glück käme er kurz vor acht in Lanzenkirchen an, so daß ich stramm-Gewehr-bei-Fuß weiterdichtete. Dann fuhr ich zum Bahnhof.
Buz lief leider sehr langsam, und wird erst am Dienstag minimal invasiv operiert – aber wenigstens bleibt Buzen der Alptraum AKW erspart, atmeten wir auf, und er kommt stattdessen in eine schicke Privatklinik.
Dann aßen wir zu Abend.
Sogar einen feinen Rotwein gab´s, und Rehlein war so lieb zu Buzen.

Freitag, 19. September
Ofenbach

Ziemlich schön sonnig

Im Traume *war ich auf die Waage gestiegen, und dachte zunächst, ich wöge um die 59 Kilo. Daß es aber um die 80*

Kilo waren realisierte ich erst nach einer Weile, zumal ich mich – so, wie derzeit im wahren Leben – irgendwie gar nicht richtig dick fühlte.
„Ach, ich trage ja ein Eisenteil in Händen!" dachte ich in jähem Frohsinn, doch dann blickte ich an mir hinab, und trug überhaupt kein Eisenteil in Händen.
Da weckte mich am Morgen das süßeste Rehlein durch Geraschel an der Türe.

Zoogeschichten am Morgen:
Eine alte Nilpferdomi biß ihren Gatten liebevoll, und hinzu mit einem verschmitzten Lächeln im Gesicht ins Ohr.

Buz las aus seinem „Katechismus für Geiger" vor, und der Ausdruck „gebeugt" kam bei mir nicht anatomisch, (so wie er gedacht war) sondern menschlich rüber, so daß ich mich beim Klang dieses Wortes wehmütig fühlte.

In SAT1 tobte ein Fall von Richter Alexander Hold, der uns über die Mittagsstunden hinweg begleitete. Im Mittelpunkt stand ein dummes, verwöhntes Gör, das den Lebensgefährten ihrer Mutti nicht nur der Unzucht bezichtigte, sondern ihm darüber hinaus auch noch die Lasagne ins Gesicht geklatscht hat, so daß der arme Herr davon noch immer gerötet ausschaute. Die verrohte 17-jährige war hinzu zum zweiten Male schwanger.

„Wenn ich höre, daß sich jemand Kinder anschafft um Kindergeld zu kassieren, dann schwillt mir der Kamm!" sagte Richter Alexander Hold, der von uns dreien geliebt und verehrt wird.

Am Nachmittag schaute ich den Film über Gidon Kremer weiter, und im zweiten Satz der h-moll Partita wirkte der Gidon so „gampend", als pressiere er dringlichst auf's Klo. Ich amüsierte mich königlich darüber, und rief Rehlein herbei. Rehlein aber ist enttäuscht von Gidon Kremer. Sie war doch extra mal nach Lanzenkirchen geradelt, um ihm meine Bach CDs zu schicken, die um so vieles schöner sei, als dies, was er da nun spiele – doch nie hat man mal etwas von ihm gehört.
Aber ich war damals bereits 35 Jahre alt – der Gidon bei seiner Aufnahme erst 33 – und da bleibt einem nur auszurufen: „Was *zwei* Jahre ausmachen!"

Wir begoogelten den Axel, der um 2007 herum ein Kreisler-Trio gegründet hat, doch auch in seinem Lebenslauf blieb Buz aus Sicherheitsgründen unerwähnt, da Buz vom geheimnisvollen Nimbus „Wunderlehrer oder Scharlatan?" umschwebt wird.
Das, was man kann, hat man größtenteils bei ihm gelernt, aber beim Bewerben läßt man seinen Namen zur Sicherheit weg, und nur wenn man sich für unseren „Musikalischen Sommer" bewirbt, so fügt man ihn wieder ein.

Rehlein erzählte mir, daß es Ming von Anfang an ein Herzensbedürfnis war „der Mama zu helfen", und dies löbliche Bedürfnis versuchte ich mir beim Wäscheabzupfen zum Vorbild zu nehmen.

Am Nachmittag schickten Rehlein und ich uns per Pedes an, die Singer-Nähmaschine bei einer früh gealterten, und sich am Telefon extrem unjugendlich angehört habenden Dame in Augenschein zu nehmen.
Unten im Dorfe leuchtete uns ein alter Mann entgegen, den ich erst mit Rehleins Hilfe richtig interpretierte: Herr Breitsching, der brave Bauersmann, schmuck wie ein Polizist gekleidet, mit dunkelroten Apfelwänglein und leider einigen abgängigen Zähnen an der Seite, so jedoch wohltuend freundlich.

An der angegebenen Adresse hinter dem Frisiersalon Erni nahmen wir über die Hecke hinweg Kontakt auf, und ich freute mich sehr, daß die Herrenstimme freundlich und verbindend klang. Freudig begrüßt wurden wir auch von einem knopfäugigen kleinen Pinscher, einem einzigen lebenden Muskel, der uns beständig besprang, während eine Angora-Katze in dem kleinen Gartenwinkel „bloß so" und hinzu niederösterreichisch unverbindlich, nach Art einer fremden Frau, die der Sohn mitgebracht hat, auf uns draufblickte.

Im Wohnzimmer wackelte eine dicke, freudlose Frau neben dem etwas jüngeren Herrn, der genau so ausschaute, wie meine Freundin, die Punkl Frieda, mit der ich als Kind die Schulbank geteilt hab – so als habe man ihn als überflüssigen Säugling im Nest nach einem Mehrlingswurf einst einfach weggegeben?

Man zeigte uns die Nähmaschine, die eingeklappt als Fernsehtischlein fungierte.

Rehlein machte denen Hoffnung, daß sie die Nähmaschine vielleicht kauft, und der Ton wurde herzlicher, dieweil sich Rehlein diesen Herrn auch als Hilfskraft im Garten vorstellen könnte.

Leider bekam der süße Buz am Abend wieder so schlecht Luft, und ab Morgen sind´s noch drei volle Tage, die wir bis zur lindernden OP ausharren müssen.

Beim Abendbrot legte Buz ein Gelübde ab:

Sollte er tatsächlich nochmals gesund werden, so gelobe er, seinen Fernsehkonsum drastisch einzuschränken, und aus dem Rest des Lebens *wirklich* etwas zu machen.

Samstag, 20. September
Ofenbach

Sehr durchwachsen. Zwar begann der Tag relativ sonnig, doch Wolken schwadeten fleckenförmig herbei, und verdarben den Glanz des güldenen Herbsts. Mittags ein Grummeln am Himmel, und zeitweise ein etwas gewollt herbeigewrungener Regen

Am Morgen weckte mich das süßeste Rehlein, doch ich war so schwach, daß ich beim mühevollen Erhebungsvorgang eigentlich nur *ein* realistisches Ziel vor Augen haben konnte. Mich *irgendwie* in die oberen Stockwerke hinzumühen, um sodann im Sorgenstuhle zu verdämmern.
Wenn es selbst Anstrengung bereitet, die Knie zu winkeln, um in die Beinkleider zu steigen!
Im Radio lief ein sog. „Feature" zum bevorstehenden 80. Geburtstag von Udo Jürgens, und sogar sein Sohn John, ein gefragter DJ, sprach: Er erzählte von den umjubelten Konzerten, und wie er als kleines Kind einmal auf die Bühne kletterte, und seinen Papi frug: „Wann gehen wir endlich nach Hause?"
„Ich muß noch ein bißchen arbeiten. Und dann gehen wir!" sagte Vati Udo.
Und der kleine John kroch unter den Flügel, um dort zu warten. Buz lachte herzlich zu diesen Worten.

In Bad Erlach bewetterte Rehlein die Verschandelung dieses Ortes, und als Tochter fühlt man natürlich ein inneres Aufrumoren, Rehlein darauf hinzuweisen, daß sie es mit ihren Klagegesängen nicht übertreiben möge. Doch eigentlich könnte man über diese Schandbauten ohne Unterlaß herumlamentieren, und im Grunde ist es doch wohl nicht einzusehen, warum man sich eine derartige Beleidigung fürs Auge wohl gefallen lassen müsse?

Vor dem Supermarkt stand ein billiger Jakob mit dem „Augustin". Den „Augustin", ein Journal für Rundumversager hat Rehlein nicht brauchen können, da bei uns ja wahrlich genug ungelesene Journale auf der Eckbank herumliegen. Dem Mohren jedoch schenkte Rehlein ein paar Pfennje, und erntete ein so warmes, süßes Lächeln, mit einer Wärmkraft, die für den ganzen Tag reichte.

„Der ist aber nett!" freute ich mich, und später stellte ich mir vor, *wie ich zurückfahre und dem Mohren 100 € schenke.*

„Ihre Freundlichkeit hat mir soo viel bedeutet!" könnte man sagen, „etwas, das man sich mit Geld gar nicht kaufen könnte!"

Rehlein und ich besuchten „Billa Erlach", wo wir tatsächlich völlig fremd sind, und dies, auch wenn die rebhuhnartigen Mitkäufer für das ungeübte Auge doch alle gleich ausschauen!

Rehlein war mir bald entglitten, und in den so fremden Supermarktsgängen stand´s mir frei, eine Weile lang vor mir selber dran so zu tun, als sei ich

mit der Omi-Mobbl im Einkaufsparadies, und die Mobbi sei lediglich ganz kurz meinen Blicken entsogen.
Dann fand ich Rehlein im Keksgang.
„So viel gekauft! Bist du denn von Sinnen?!? Wir sind doch keine Millionäre!" (sagte ich).
An der Kasse fiel mein Blick auf die Bestseller. „Mordlust", vermeinte ich zu lesen, doch als ich näher herantrat, war dieser eindrückliche Buchtitel verschwunden. „Hörig", hieß hindess das Buch einer Dame, und das Sujet sprach mich sehr an:
Die Frau des Psychiaters war einem Knastinsassen verfallen.

Wieder daheim:
Buz las seinen frisch verfaßten Aufsatz vor:
Eine Konflikt-Story, die er heute für die Ministerin ausgearbeitet hat. Die markanten Stellen hatte der süße Buz **fett eingefasst.** Ganz unten hatte Buz noch einen knappen Erläuterungszusatz mit der Bitte geschrieben, die Ministerin möge sich doch einmal ernsthaft damit befassen, bevor er die Unterlagen der Presse weiterleitet, da er den Konflikt gerne gesichtswahrend beilegen möchte.
„Gewaltfrei" hatte ich aus Versehen gelesen.

Zum Mittagessen schauten wir einen Gerechtigkeitsfall an, der es aber in sich hatte!
Eine Frau kehrte vom Urlaub auf den Balearen zurück, und zickte bald darauf herum, weil ihr

Ehemann sie nicht abgeholt hatte. Doch das war erst der Anfang! Das Haus war ganz leer geräumt, und dann rief auch noch die Polizei an, um ihr die betrübliche Mitteilung zu machen, ihr Mann sei erstochen in einem Hotelzimmer aufgefunden worden.

Ich schaute den Bach-Film mit Gidon Kremer weiter, und wartete bei diesen Bach-Interpretationen vergebens auf das innere Erbeben.
Später, als ich dann in leicht drohendem Regen den Echosaumweg abhoppelte, dachte ich über den Gidon nach. Als rührend empfand ich's, wie er erzählte, er hätte neben seiner Arbeit mit der Kremerata Baltica sehr viel üben müssen, und dann spielte er viel Bach im Hotelzimmer, und merkte dabei, daß Bach so gut gegen Einsamkeit hilft!

Zur Jausenstund erzählte Rehlein plastisch von den Klavierlehrerinnen Ute und Elke Schwinge, zwei Schwestern, die alles gemeinsam machten und sogar den gleichen Beruf ergriffen hatten. Dann bauten sie eine ganz tief empfundene Feindschaft zum Musikschulleiter Seibold auf.
Zu diesem beklemmenden Thema gab es eine Konferenz, in welcher betretenes Schweigen herrschte.
Buz erzählte von Indira Ghandi, die ihm und seiner Pianistin Juanelva Rose den Flügel aufgeschlossen habe – und dann habe man auch noch im Innenhof

des Palasts gemeinsam gefrühstückt! weitete Buz die schönen Erinnerungen genußvoll aus.

„Und dann durfte der Wolf nachts auf ihrer Besucherritze schlafen!" neckte Rehlein.

„Wirklich?" frug ich elektrisiert, und dann begoogelte ich Kaiser Akihito, und lernte die Namen seiner Enkelschar: Mako, Kako, Aiko und Hisahito, und der Hisahito ist womöglich Kaiser, wenn das Pröppilein mal so alt ist, wie ich, und diese Stelle liest? Ich selber bin bis dahin 101, und vermutlich auch noch da, da ich mich doch kaum abnutze?

Ich erzählte den Erwachsenen, daß das Pröppilein stets aus den Fehlern der Erwachsenen lernt, und von Han-Lin und Hans-Peters kleinem Söhnchen Carry-Lee, das leider oftmals blutüberströmt nach Hause kehrt, da ihm ständig etwas passiert. Ähnelnd dem Onkel Eberhard scheint er das Unglück magisch anzuziehen.

Häppchenweise schauten wir im Laufe des Tages Gidon Kremers „Back to Bach", doch Rehlein gefiel es nicht.

„Der soll uns in Ruhe lassen!" sagte Rehlein so goldig, doch so, wie ja der Gidon praktisch nichts auf der Welt weniger tut, als sich zu „enjoyen"*, so tut er noch weniger nichts weniger als uns „nicht in Ruhe zu lassen".

*wie in Amerika vor dem Konzert gerne geraten wird - man ruft dem vor Lampenfieber bibbernen Interpreten kurz vor dem Auftritt ein „enjoy yourself!" zu

„Der soll uns be*stalken*!" rief ich aus, und fand´s schad, daß uns gar niemand bestalkt.

Sonntag, 21. September
Ofenbach

Nach schönem Beginn. mittags dunkle Wolkenwände. Kurzer Regen, dann Sonnengeglitzer. Imposante violette, fahrende Wolken

Ich träumte allerlei:
Von einem schicken Frühstück in einem höchst noblen Hotel in Paris, zu welchem der Onkel Eberhard geladen hatte, der im Traume allerdings gar nicht vorkam. Es handelte sich um eine große Hochzeitsgesellschaft „am Tag danach" – einem regentrüben Tag, in dessen Verlauf die geschlossene Gesellschaft wieder bis auf Weiteres in alle möglichen Himmelsrichtungen versprengt würde.
Es hieß, Rehlein & Buz hätten bereits zuende gefrühstückt, und befänden sich auch schon wieder auf dem Heimweg nach Aurich.
Etwas, das mich ungeheuer wurmte und verdross, da ich denen doch noch nicht einmal „auf Wiedersehen!" gesagt hatte.
Der Rudi Leopold legte ein Präsent in die Ecke mit den üppigen Gaben: Kandierten Ingwer, der nun auf der Marmor-Anrichte auf den Onkel und seine Angetraute wartete.

Leider war die Zeit schon so weit vorangeschritten, und die Wachen in diesem goldbestuckten Raum bedeuteten einem hinzu, daß die Aufbeigungszeit für die vielen Geschenke bereits überschritten, oder zumindest „so gut wie überschritten" sei, und ich nutzte die ausrinnende Zeit ganz rapid und hinzu völlig kopflos dazu, rasch noch etwas aufzubeigen –   einen Snickersriegel.

Beim Einstieg in meine Ringelstrumpfhose fühlte ich wieder die Sorge, Rehlein sei verstorben. Dann aber erwischte mich das süßeste Rehlein im Bad, und die ersten einführenden Akkorde des Tages waren bereits angestrichen worden.
Buz saß im Sorgenstuhle und lauschte Violinspiel aus dem Radio, das er als „dünn" empfand, obwohl *ich* wiederum das Gefühl hatte, ein ambitionierter Violinist melke sein Innerstes nach Gefühl ab:
Er spielte eine Romanze von Clara Schumann.
Dazwischen wurden Gedichte über den Herbst verlesen. Wir mit unserem Herbstbeginn hatten Glück, doch beim Frühstück, so muß ich sagen, hat mich das Radiogeplärre gestört! Wenn die Doris dasäße, und in ihrer schneidend häßlichen Stimme das dööööfste Zeug schwatzen würde, das man sich überhaupt nur vorstellen kann, so würde Buz das Radio mit Sicherheit abstellen, dachte ich grollend, und so langweilig die Nachrichten über die Wahlen in Vorarlberg auch waren, vor der sonntäglichen Witzsendung grauste ich mich noch mehr. Man möchte das Frühstück und seine Liebsten genießen,

und stattdessen fühlt man die gewundene Wiener Zunge wie Schleim im Ohr.
Es ging um die sog. „schrägen Vögel" und die Pinguine wiederum wurden als Beamte in Uniform dargestellt und lächerlich gemacht.
Später wurde das Radio vom Televisor abgelöst.
Buz wartete auf den Meistergeiger Leonidas Kavakos, doch zunächst ging´s in der sonntäglichen Musiksendung um Liedbegleitung: Helmut Deutsch, Professor für Liedbegleitung, und leider leicht arrogant, wirkte im Grunde wie ein quadratischer Mann, der im Prinzip jeden Beruf ausüben, und sogar ein Serienmörder sein könnte. Er erzählte, daß er es sich leisten könne „nicht jeden anhören zu miassn", und von all jenen Studenten die ihm jemals vorgesungen haben, „foust oije vergessen houb". Zu diesen, für uns junge Leute deprimierlichen Worten, verzupfte ich mich ins Dachgebälk, um meine geigerische Scheologie weiterzubetreiben.
Auslosebedingt bearbeitete ich die zweite Hälfte von Bachs a-moll Fuge „mit dem Lupenglas" – sorgsam darauf bedacht, mich von dem anstrengenden Akkordgeharke eines Gidon Kremers, bei welchem man trotz ehrlichstem Bemühen vergebens auf das große innere Erbeben wartet, wohltuend abzuheben.
Dann aber kehrte ich wieder in die Stube zurück:
Leonidas Kavakos, stak im langsamen Satz von Beethovens a-moll Sonate, den er mit feinfühlig gefärbten Tönen ausfüllte, und während ich zuvor noch drum bemüht war, die Bachsche Fuge derart

erfüllend zu spielen, daß die Längen des Werkes gänzlich zum Schrumpfen gebracht würden, so fühlte man sich bei dieser Interpretation in einen Trog mit Beethovenschem Geiste hineingesogen, in der die Zeit gar keine Rolle mehr spielt.

„So könnte es nun eigentlich bis zum jüngsten Gericht immer weitergehen!" denkt der Musikfreund froh.

Am Klavier ein häßlicher Mann, ausschauend wie Edgar Selge, und der Geiger erinnerte direkt an Anton Steck, nur daß der Leonidas im Gegensatz zum stürmischen Anton, der mit fetzigen Tempi schockieren und wachrütteln will, bemüht ist, dem Werk ein passendes Tempo angedeihen zu lassen.

Über die sich anschmiegende Frühlings-Sonate sprach er ein paar Worte. Allerdings wurden nur die ersten beiden Sätze mit Worten bedacht, und über den ersten Satz hieß es, man fühle sich wie im Himmel, wenn er erklingt.

Ein Gedanke, der mir zu der vertrauten Einleitungsgirlande noch nie gekommen war, nun aber gefiel er mir, und Rehlein in der Küche meinte so köstlich, daß ein Ostfriese das wahrscheinlich ganz anders spielen tät?

Über den zweiten Satz sagte der Kavakos, der sei wie ein Gebet, und auch dies gefiel mir.

Im vierten Satz wiederum hörte man, wie Beethoven an einer Stelle mit seiner eigenen Größe gespielt hat, indem er das Thema kurz vor Schluß auf plattdeutsch eintönte!

Rehlein deckte ein Kürbispicknick für uns drei im Garten.

Ich genoß das gemütliche Essen mit meinen Lieben. Bald näherte sich jedoch eine dunkle Wolkenwand, und schließlich wirbelten Herbstblätter durch die Lüfte.

Später zwängte ich mein Trimm-Dich zur Gänze in die stark geschrumpfte Zeitspanne bis zur „Lindenstraße." Ich rannte durch schmatzenden Morast und erlebte wieder das herrliche Abendgold der sinkenden Herbstsonne.

Buz erzählte, wie es ihm im Winter so gut ging. Doch in der Türkei zog er sich eine abscheuliche Erkältung zu, und seit seinem Besuch in Aurich sei´s ihm nun immer schlechter gegangen.

Ich begoogelte die chinesische Geigerin Tien Wa Yang, die sich wie ein dicker Schmetterling in Kassel niedergelassen hat, und dort ungläubiges Staunen hervorgerufen habe, denn derartiges hat man bis dato in Kassel nicht gehört: Die Saiten brummen regelrecht von der Reinlichkeit ihrer Akkorde. Mikromügenau scheint sie ihre Finger zu plazieren. Die Akkorde selber glasklar wie Säulengebilde, und die Interpretation von Anfang an schlüssig und rein wie das Wasser in einem Gebirgsbach. Einziger Wehrmutstropfen: Sie sieht etwas fremd und kalt bzw. sehr ehrgeizig aus, so daß man vielleicht nicht allzugern den Abend mit ihr verbrächte, und nicht froh wäre, wenn sie einem vom Herrn Sohn als „Künftje" präsentiert würde.

Montag, 22. September
Ofenbach

Zunächst feuchtgrau, dann schöner blauer Himmel, der bald schon von Wolkenschwaden überzogen wurde. Am frühen Abend regnete es zuweilen. Kalt wird´s auch, denn manchmal hatte ich direkt das Bedürfnis, mich an den Kachelofen zu lehnen

Ich träumte, daß *Frau Weimer mich darauf ansprach, daß sie durch ein geöffnetes Fenster gehört habe, wie Ming Chopins g-moll Ballade übte, und es sagenhaft gefunden habe. Sie hatte allerdings gemeint, daß Ming die Ballade frisch gelernt habe, und als sie nun hören mußte, daß Ming die bereits seit seiner Kindheit übe, und hi und da wieder zur Hand nimmt, war sie direkt ein wenig enttäuscht.*
„Warum sagst du mir das denn nicht gleich?" frug sie, nachdem das warme Lächeln auf ihrem Gesicht erloschen war.
Die Träume hatten meine Sorgen bedeckt, doch nun wurde die bergende Decke der Nacht wieder hinfortgerupft. Nackt und kalt bleckten mich die Sorgen wieder an.

Analog zum Wetter hatten sich auch über Rehleins Gemüt graue Wolken geschoben.

Um ein wenig nutz zu sein, trocknete ich das Geschirr ab, doch Rehlein fand's blöd, da wir doch erst in zwei Stunden losfrühstücken würden, und es trockne doch wohl von alleine! Also verzupfte ich mich ins Ashram, und häkelte an meinem Fleiß herum, um mir selber zu imponieren, und tatsächlich wurde der Fleißeslappen, mit dem sich mein Violinspiel umhüllen ließ, heut ziemlich groß.

Ich dachte über Rehleins gesunkenen Launenpegel nach. Da möchte man mit gutem Beispiel aufwarten und zupacken, und dann passt's auch wieder nicht. Grad wie bei der Bea verwandelt man sich in ein dummes Ding, und jetzt beim Üben versuchte ich, es biologisch zu erklären: Es ist, wie bei den Tigern, wenn man stolpert. Da hört die Freundschaft einfach auf, und man macht sich angreifbar. Fängt man an, in Rehleins Haushaltsdomäne einzusteigen, so verwandelt man sich in einen erbärmlichen Wurm.

Bald darauf frühstückten wir, und in meinem Fleißessack zappelten im Gegensatz zu sonst auch schon etliche (schöne) Töne, haha!

Was ich für ein Glück mit meinen Eltern habe!

Schaudernd erzählte ich den Erwachsenen, wie es auch hätte anders kommen können: Daheim könnte mich ein Brief meiner Mutter ereilen:

> *...Dein Besuch und die ständigen Diskussionen mit Vati haben* leider wieder sehr viel Unruhe aufgewirbelt, und ein sehr ärgerliches Gefühl hinterlassen....möchte Dich bitten, Ofenbach bei zukünftigen Urlaubsplanungen weitläufig zu Umplanen.*

*schlechtes Deutsch. Pluralismus! (Auch das noch!) (Worte, wie von Marias Papa, dem Opa Josef.)

Ich philosophierte darüber, daß gewisse Faktoren bei den politischen Mißbilligungen des modernen Menschen nicht außen vor gelassen werden sollten: Rachdurst, Eifersucht & Neid! Sie sind in der menschlichen Codierung einfach mitgeliefert worden. Petrus habe damals zwar klipp & klar gesagt: „HERR, das Ding tut nicht gut!" und sich wenig später gar auf's Flehen verlegt: „Bitte KEIN Ebenbild von uns schaffen! Belass den Affen als Krone der Schöpfung!" Aber nein!
„Hallloooh?!?" wirft hier der Denkende zischend ein, „Rachdurst, Eifersucht & Neid?? Bestimmt dererlei ein Affenleben nicht ebenso?"
„Natürlich! 1:0 für Dich! Aber warum will man dem Affen denn außerdem noch einen extra Affen in Anzug und Krawatte zur Seite setzen?"

Gegen Ende der Mahlzeit begann Buz wieder zu referieren, und ich bewunderte Buzens großes

Knoff-Hoff in der Ukraine-Krise. Referiert Buz auf Hessenart, so vergißt er seine gesundheitlichen Sorgen, denn heut hatte ja der letzte Gnadentag vor der Operation beim Dr. Klepetko angehoben.

Eine Sorge von uns ist ja jene: Buz fährt ins Spital, und kehrt nach 2-3 Tagen zurück, doch es ist ein Anderer, der da an Buzens Statt zurückkehrt. Er sieht zwar ungefähr so aus, und trägt auch den gleichen Pullover, aber wir merken es doch ganz genau, daß wir übers Ohr gehauen worden sind, und uns ein anderes Familienoberhaupt zurückgeliefert wurde!

Bald gab´s bei uns ein köstliches Mittagsmahl zu einem Fall von Richter Alexander Hold:
Eine vornehme Frau, die sehr auf Reichtum und Wohlstand fixiert war, hatte ihren Mann erstochen, und versuchte nun, die Schuld einer Nachbarin in die Schuhe zu schieben. Doch man glaubte ihr nicht, und verdonnerte sie zu zwölf Jahren im Frauenknast! Ich wartete eine rhetorische Luftblase ab, um Rehlein zu erklären, daß ein Verbrechen dieser Art in Deutschland nicht so schlimm sei – wohl aber in Amerika. Dort wird man nämlich auf dem elektrischen Stuhl gegrillt, wenn man sich eine Verfehlung dieser Art erlaubt!

Groß Erfreuliches zu berichten gab es heute nicht!
Für den Abend wurde ein Thriller mit einem gewagten, da lächerlichen, Sujet verhießen: Die Kommissarin ermittelt gegen einen unbekannten Serienmörder, und dann findet sie das geheime

Tagebuch *ihres* Mannes, wo dieser von seiner züngelnden Mordlust berichtet.

Abends saßen wir zu Tisch:
Es liefen Nachrichten mit wenig Erfreulichem:
Das Ebola-Virus wütet in Afrika, und händeringend sucht man freiwillige Helfer.
Man steht praktisch wieder dort, wo man damals stand, als die Pest wütete.
Dann kam der lachhafte Serienmörderfilm mit Anja Kling als gewiefter Kommissarin. Ein Drehbuch nach Maß, und der bärbeißige Lehrer den sie anrief („Wissen Sie, wie spät es ist?") erinnerte an Onkel Dö.
Onkel Dölein schrieb ich, daß Buz morgen vom Dr. Klepetko von seinem Leiden erlöst, und vielleicht kuriert wird.

Dienstag, 23. September
Ofenbach

Oft kalifornisch schön – oder streng bewölkt –
plötzlich viel kälter.
Der Winter schickte seine Vorboten

Ich erhob mich in einen düsteren, kaum entrollten Morgen – ähnelnd jenem damaligen, als wir nach San

Franzisko aufbrachen, bloß daß es diesmal um Buzens Heilung geht.

Fast war´s zu spät. Ich hatte mein Auto bereits zwischen die Gatterflügel gestellt, und wartete auf Buzen. Buz wackelte so langsam herbei, daß es einem einen Stich gab, und hinzu schnaufte er im Auto auch noch so furchtbar, als wir den Kreisel umrundeten, und so quasi im Sauseschritt nach Lanzenkirchen fuhren. „Jetzt ein Auffahr-Crash!" dachte ich mit Unbehagen, brachte Buz aber doch gut hin. Der erste Zug für die Reise um 7:08 stand bereit, so daß ein flinker Mensch den mühelos erhascht hätte. Ich aber wartete mit Buzen im Auto auf den nächsten Zug. Es war kalt geworden, und in Mobblns Jäckchen finde ich noch etwas Geborgenheit aus dem Jenseits. Doch nachdem der Herbst im Sauseschritt den Sommer abgelöst hat, muß man ja direkt schon vor der beißenden Kälte bangen.

Buz atmete angestrengt, doch ein liebes Hánditelefonat vom süßesten aller Rehleins verkürzte uns die Wartezeit. In der Ferne sah man unsere alte Schule, und dann bewegte sich das Bähnle herbei, und sog Buz aus unserem Leben.

Ich fuhr heim zu Rehlein.

Rehlein machte ihre Gymnastik, und nach einer Weile frühstückten wir, und erzählten uns viel – d.h. nein! Zuerst waren wir noch so müd, daß sogar Rehlein mein Anregungsbändel aufgriff, und sich noch eine Weile in Opas Bett tunkte, derweil ich einfach im Sorgenstuhle sitzen blieb. Ein Teil meiner ausgestreckten Haxerln befand sich als Beinbrücke im Freien, und wie schön wäre es, sich einfach wieder ins Bett hineinzuwühlen, und für immer einzuschlafen. Ich hielt den Mund geschlossen und fühlte mich eigentlich wohl, so jedoch zu schwach für den Rest des Lebens.

Ich konnte mir nicht vorstellen, wie dies jemals wieder anders werden solle, denn ich fühlte mich zu schwach, um nur eine Computertaste in die Tiefe zu drücken, und wenn´s nicht besser wird, so kann ich mein Tagebuch eigentlich nicht fortsetzen, und dies, wo ich so groß herumgetönt habe, daß ich, wenn das Pröppilein am 11.11.2064 auf den Tag genau so alt ist, wie ich heute, womöglich noch da bin? („Ich habe soeben meinen 102. Geburtstag gefeiert!")

„Kikalein!" rief Rehlein so nett.

Doch ich antwortete nicht, und tat so, als schliefe ich.

Dann aber frühstückten wir.

Es lief der Televisor.

In der Hand eines Herrn sah man einen kleinen glitzernden Zwergvaran mit einem vor Schreck völlig entgeisterten Ausdruck im Gesicht. Und über ein Gorillahaupt, das einmal über den Bildschirm flimmerte, rief ich aus, daß es doch wohl besser gewesen wäre, wenn der HERR dies als „Krone der Schöpfung" belassen hätte?

Rehlein hatte eine Geschichte von Franz Kafka im Radio gehört: „Gespräch mit einem Betenden!" und die lasen wir nun gebannt im Internet. Die aufgewirbelten Bilder gefielen mir, doch meine Augen waren schwach, und ich las mit kümmerlichem, um nicht zu sagen, schülerhaftem Ausdruck.

Ich tippte eine Mail an Herrn Fraatz in Melsungen.

Viele liebe Grüße aus Ofenbach (einem Ort, in welchem einst eine Frau spurlos verschwand)

kadenzierte ich das Schreiben mit außerordentlich ungewöhnlichen Worten ab.
Da bekommt man einen Geschäftsbrief, und dann steht etwas ganz und gar Ungewöhnliches drin.
Sie hieß „Heidrun W.", und verschwand am hellichten Tage von ihrer Arbeitstätte.
Nach vielen Jahren der Ungewissheit war es dann aber tatsächlich gelungen, einen Herrn auszumachen, der angab, in den Mittagsstunden des 28. September 2001 mit dieser Dame einen gemeinsamen Spaziergang im Wald von Ofenbach unternommen zu haben. Unterwegs, an einsamer Stelle, sei die Dame plötzlich zudringlich geworden. Sie versuchte ihn mitten in einer sachlichen Diskussion über ein Alltagsthema, in jäher Anwandlung einer hysterischen Anschmachtung zu küssen, er habe sich ihrem Klammergriff zu entwinden versucht, sie sei ausgerutscht, und er sei so verschreckt und entsetzt

gewesen, daß er geschwinde nach Hause flüchtete, ohne sich noch einmal umzudrehen. An die genaue Stelle erinnere er sich jedoch nicht mehr.
Seiner Frau habe er nichts davon erzählt, um sie nicht unnötig zu brüskieren.
Zwar wurde er dem Haftrichter vorgeführt, doch der brauchte keine zehn Minuten, um das Thema vom Tisch zu fegen.
Es gäbe keine Anhaltspunkte für ein Verbrechen, und darüber hinaus sähe man keine Möglichkeit, diesem friedfertigen Herrn, der seit Jahrzehnten ein unbescholtenes Leben unter uns führt, irgendetwas nachzuweisen.
Und hinter Poppis Haus hat der Suchtrupp mit Hunden nach der Verschwundenen herumgestochert! (Vergebens)

Rehlein und ich besuchten das Schloß in Katzelsdorf, in welchem sich auch die Musikschule befindet.
„Ob ich mir dort eine kleine Nische als Geigenlehrerin schaffen könnte?" sagte ich auch für mich selber überraschend, und ziemlich blauäugig dachte ich mir auch noch allerlei aus: z.B. *daß dort ein Zettel an der Wand hinge: „Wir suchen händeringend eine nette Geigenlehrerin!" Dann bewerbe ich mich und schreibe: „Ich spiele seit meinem 3. Lebensjahr Violine, und bin auch schon bei Beethoven angelangt!"*
Dies scheint dem Kollegium sympathisch.
Jemand, der sich nicht extra brüstet!

Ich stellte mir vor, wie ich heut in 30 Jahren zusammen mit Rehlein das Mutter/Kind-Altenheim in Katzelsdorf beziehe. Dort leben lauter 110-jährige mit ihren Mitte-80-jährigen Kindern.

Abends begannen sich klamme Sorgen um Buz über unser Gemüt zu legen. Rehlein wurde immer aufgeregter, und auch ich begann mich, krank vor Kummer, damit auseinanderzusetzen, Buz sei gestorben.
Verzweifelt suchten wir die Nummer der Privatklinik heraus. Die erste Nummer schien Rehlein unpassend, und es hob auch niemand ab. Dann fror auch noch der Computer fest.
Schließlich fand sich aber doch eine taugsame Nummer, und das allersüßeste Rehlein erzählte dem Pförtner, und hernach auch mehreren Höhergestellten, an die man sie weiterverbunden hatte, daß sie ihren Mann heut an die Bahn gebracht, und seither nichts mehr von ihm gehört habe!
"Maaam! Why are you tellig stories??" knatschte das Jennylein in mir gedanklich und auf die sauertöpfische Art einer 11-jährigen, *"ich* hab ihn doch hingebracht!"*
*Tante Beas zweite Tochter, die es mit der Wahrheit nach Erwachsenenansicht etwas *zu* genau zu nehmen pflegte
Schließlich hieß es, Buz läge noch im Aufwachraum, und würde erst morgen früh um neune in sein Zimmer verschoben.

„Aber es hat doch keine Komplikationen gegeben?"
erkundigte sich Rehlein bang.
„Net doß i wiast!"
So ganz war uns die Bänge (noch) nicht genommen worden.
Ich aber stellte mir beim Bettgang vor, wie´s wohl gewesen wäre, wenn man nun hätte hören müssen, *daß Buz überhaupt nicht dort angekommen sei! Buz hätte sich wie eine Wolke aufgelöst, und wir hätten einfach nie wieder etwas von ihm gehört?*
Ich löschte das Licht, und versuchte mich in die warme Hand des Schlafes zu schmiegen...

Mittwoch, 24. September
Ofenbach – Grebenstein

In Österreich fast kalifornisch schön, doch
gleichzeitig mit der Einfuhr nach Deutschland fuhr
man auch in eine Wolkenhülle, beginnend mit
Fischschuppenwölkchen, die sich von Kilometer zu
Kilometer verdichteten

Neben den Sorgen um Buz und seinen abbrennenden Lebensfaden besprang mich auch noch eine andere Sorge: Übermorgen findet unser Prozess statt, und man sieht´s kommen: Entgeistert steht man vor der Meldung, daß wir keinen Cent bekommen, falls die fassungslos stimmende Friesenlogik vom Anwalt der Gegenseite bei den Geschworenen am Ende „bicken" sollte?

„Ich habe eine Energie [!]" ←freute ich mich für den Bruchteil einer Sekunde über Worte Rehleins, "-tee gemacht!"

Dieser war allerdings köstlich.

Gemeinsam saßen wir am Frühstückstisch, und die Zeit verlief so unnatürlich schnell. Die Sonne glitzerte herein – schön wie in Kalifornien, - bloß, daß es in Kalifornien für mich nicht so schön war, und nun knabberten wir an der Lücke, die Buz am Frühstückstisch hinterlassen hatte.

Buzens Wiedergenesung spielt, ähnelnd der bösen OSL-Geschichte, Katz & Maus mit unserer Geduld. Um 9 Uhr, so hatte es gestern geheißen, würde der frisch Operierte in sein Zimmer zurückgeschoben. Doch der begeisterte Telefonator Buz meldete sich bereits vor acht Uhr mit sonnigen Nachrichten. Die OP hätte zwar etwas länger gedauert als angenommen, dafür sei aber alles Wasser maximal optimal entfernt worden, und es würde nach menschlichem Ermessen auch nichts nachfließen.

Bald kommt der Hans-Hermann nach Ofenbach zu Besuch, und ich riet davon ab, den Hans-Hermann im Keller schlafen zu lassen, weil er anhand der Lektüre auf meinem Nachttisch ja sähe, was ich immer für einen Schund lese.

Oder aber man solle etwas von Goethe und die Bibel hinlegen, und Rehlein lachte.
Rehlein lachte vor Freude über Buzens Wiedergenesung, und wir Damen küssten uns ganz oft.

Ich erzählte von der Hausmusik bei der Tante Antje. Die Antje kommt beim Musizieren gerne voran, während das Kläuschen immer so eine Ausstrahlung hat wie ein Kleinkind, das sich auf den Zoo gefreut hat, und nun sei der Zoo geschlossen.
Er, am Klavier, verzählt sich leicht, und sagt dann: „Da habe ich mich verzählt. Ich habe gemeint es sei ein 4/4 Takt, und dabei ist es doch ein ¾ Takt!" Doch die Antje läßt sich von rückwärtsgewandten Klagegesängen dieser Art nicht gerne aufhalten, und sagte dem Sinne nach: „Husch, husch – nun mach mal voran, Junge!"

Schweren Herzens reiste ich heut nach Grebenstein zurück.
An der Grenze zu Deutschland bekam ich einen Riesenschreck, mein Pickerl sei womöglich abgefallen, *und nun sei alles aus! – Die Schandarmen knöpfen mir 180€ ab, und belegen mich darüber hinaus mit einem lebenslangen Einreiseverbot für Österreich. Ich bekomme einen Zettel mit einem Stempel drauf, und darunter steht schwarz auf weiß, daß ich nie wieder im Leben nach Österreich einreisen darf.*
Doch es war ja bloß der Lichtschutz drüber.

Ich fuhr über die Grenze, und früher hätte ich vielleicht geschrieben „Ich wurde aus Österreich hinausgeschissen!" Doch die Österreicher sind netter geworden, und ich grolle ihnen nicht mehr.
Noch ist es nicht so ganz kalt, aber die Schmach, Mobbls Jäckchen vergessen zu haben, brannte wie Scharlachröte an mir -, von einer saftigen Ohrfeige hinterlassen.

Donnerstag, 25. September
Grebenstein

Streng und grau.
Abends empfand ich die milde Luft allerdings als sehr angenehm

Ein der Verjubelung und Vertrödelung preisgegebener Tag hatte sich ausgebreitet. Ich bemalte den kl. Matthias, schäumte schöne Worte der Erinnerung auf, hatte jedoch das Gefühl, daß diese an eine Zeit anknüpfen, die es gar nicht mehr gibt.
Ich habe seine Mutter besucht, doch deren Gesundheit war schlecht. Hoffentlich geht es ihr mittlerweile wieder gut?!
Ja – sehr gut, sie ist im Himmel.
Oder aber, Mutti Krüger versucht womöglich, ihre schlechte Gesundheit an den jungen Leuten vorbeizumogeln?

Er lebe mit seiner Frau sehr im Glücke!
(Dies denkt und hofft die Mutti.)
Zum Schluß geriet ich in Fahrt: „Ich würde mich sehr freuen, bald von Dir zu hören!" Doch diesen Passus löschte ich wieder hinweg, und dann tippte ich ihn wieder hin – bloß um dem Matthias zu zeigen, was ich da hinweggelöscht hatte, weil er mir in der Wortwahl dürftig erschienen war.
Fast wie in einem Geschäftsbrief, doch schrübe ich „harre" oder „fiebere ich entgegen", so klänge dies wiederum zu gierig, oder auch so, als solle der Lesende vom Verfasser dieser Zeilen einfach aufgefressen werden.

Ich schaute mir einen Knastfilm aus Utah an, und fand das alles so unmenschlich: Wie den Gefangenen ein lieblos zusammengestelltes Freßpaket durch die Luke gereicht wird: Ein mehliger aromafreier Apfel, Sellerie, zwei Weißbrote mit öligstem, billigstem Käs – und immer das Gleiche! Freuden sind nicht zu erwarten.
Ich aß Studentenfutter, und fand es lustig, daß dieses Sammelsurium an kleinen Köstlichkeiten einst so benannt wurde.
Eine Nuß bohrte sich empfindlich zwischen zwei Backenzähne – „die damals noch dastanden", denke ich womöglich, wenn ich diese Passage in 50 Jahren lese, und dann lach ich vielleicht?

Der Schröder ist von seiner Kur aus Bad Dürrheim zurückgekehrt, und war so begeistert! Bläuester Himmel jeden Tag.

Den Schröder habe ich ja wirklich ins Herz geschlossen.

Es ist jetzt nicht so, daß ich ihn leidenschaftlich liebe, wie eine normale, liebeshungrige Nachbarin, aber er bedeutet mir etwas!

Er ist mehr als ein bloßer Nachbar.

Durch den Rewe lief der Schröder auch, tat jedoch so, als sähe er mich nicht.

„Es ist die Begegnungsscheu, die uns eint!" dachte ich an der Schinkenwand gerührt.

„Ralf und Cora Schumacher – Scheidung!" jubilierte die BILD-Zeitung. „Wie ihre Ehe zerbrach....Seite 5".

Ein Brieflein Rehleins hatte ich mir als Kostbarkeit für den Abend aufbewahrt, aber als ich dann schon wieder lesen mußte „ich bin so unsagbar müde!" da sank mein Mut, und ein bißchen überlegte ich, Rehlein in jener wachrüttelnden Art zu schreiben, wie einst unsere Omis Mobbl und Ella, als sie Rehlein beinahe zeitgleich drum baten, ihre Lobeshymnen über uns Kinder ein wenig einzudämmen, da die Christa vom Onkel Dölein, und die Ursula vom Onkel Eberhard davon je ärgerlich würden.

(„Die soll sich mal nicht so brüsten!")

Und nun kann ich das Wörtchen „müde" von Rehleins Fingern niedergetippt nicht mehr hören!

Freitag, 26. September
Grebenstein – Celle

Grau. Z.T. Sprühregen

Beim Einüben in der Kirche in Celle durchwehte mich ein Schreck! War nicht heut unser Prozess?! Nun bangt man um den erhofften Geldsegen, den Rehlein bzgl. eines Gärtners so sehr brauchen könnte?

Mein ganzes Violinspiel, soeben noch in gepflegten Bahnen verlaufend, klang mit einem Male ganz aufgewühlt, und eine Stimme in meinem Inneren mahnte gar, daß ich vor dem Konzert gar nichts darüber hören sollte.

Dann aber konnte ich meine Neugierde nicht mehr im Zaum halten, und rief Ming an.

Eine Enttäuschung!

Die Richter seien dooof gewesen, (mit drei „o"s geschrieben, so wie es hier zu lesen) und am schlimmsten waren die Vergleiche, die immer wieder angebracht wurden: „Wenn Herr König Lokführer von Beruf wäre, so müßte nicht die ganze Bundesbahn nach seiner Pfeife tanzen."

Es sei so doof gewesen wie bei einem Wettbewerb: „Den ersten Preis bekommt Rolf Plaque!" dozierte Ming. Keiner weiß wofür, doch dies wurde eben so beschlossen!
Ming zum Julchen: „Waren die dumm oder doof?"
Gemurmel im Hintergrund. Doch ich verstand es nicht.

Schließlich spielte ich, und so unglaublich es auch ist: Ich machte keinen einzigen Fehler, und spielte so gut, daß ich nach der a-moll Fuge spontanen Beifall und Entzückensjauchzer erhielt. Traumnote 6.0. Eigentlich müßte die Kritik vor Begeisterung aus allen Nähten platzen: Man hörte ein Konzert, das schlicht und ergreifend einzigartig war!
Dann war´s vorbei.
Irgendwie hatte ich damit gerechnet, Frau Bauerle, die Frau, die nicht so gerne Geld ausgibt, würde die Bezahlung wie selbstverständlich unter den Teppich kehren. Dann hieß es aber, man wolle mir ein bißchen Geld geben. Ob ich´s überwiesen haben wolle?
„Kommt drauf an, wie viel es ist!" sagte ich kokett, denn wegen ein paar Scheinen gleich eine Überweisungsmaschinerie in Gang zu setzen?
Man wolle mir die 400 € geben, die hereingekommen seien?! Sei dies OK? Na, ich müsse es sagen.
„Bescheidenheit ist eine Zier, doch besser fährt man ohne ihr!" zitierte Frau Bauerle überraschend

Wilhelm Busch, und schließlich bekam ich 500 €. Hurra!

Doch dem Ministerium für „Besoldung von Kulturschaffenden" hat Frau Bauerle womöglich geschrieben: „Unter 3000€ rührt Frau König ihre Geige nicht an!" Und weil diese Worte von berufener Hand niedergetippt worden waren, ließ das Ministerium zähneknirschend ein paar Scheine rüberwachsen.

Ich lernte meine Gastmutti für die Nacht kennen: Frau Böhme, 86 Jahre alt und am Stock gehend. Nun galt´s, sie in ihrer Behausung, Ohagenstraße 3, aufzusuchen. Einem wunderschönen alten Haus mit hohen Zimmern: Zwei aneinandergeschmiegte Wohnzimmer, schön wie beim Tone.

Extra mir zu Ehren hatte die alte Dame so viele Wurstwaren besorgt. Doch ich hatte wenig Appetit. Zunächst gab´s ein Hühnersüppchen von Iglo.

Ich griff das gesegnete Alter meiner Gastgeberin als bewegende Themenkulisse auf, um die Jorberg-Saga auszubreiten, auch wenn das Erzählpulver, das die alte Dame in mir zusammenschürte, nicht ganz dafür auszureichen schien.

Frau Böhme erinnerte mich so an den Onkel Eberhard, wie ich lachend vermerkte, doch der aufgewirbelte Erzählschwung langte leider auch nicht für eine Geschichte über das böse Uschilein.

Ich erfuhr, daß Frau Böhme, - seit zwei Jahren Wittib, - zwei Söhne habe: Ulrich & Martin. In Regensburg und München ansässig.

Dann erzählte ich von Grebenstein: Der Eisenbahn, die immer an meinem Fenster vorbeifährt, und den Hessen und ihrer rührenden Hilfswütigkeit.
Ein wohltuender Kontrast zu den Schwaben, die aber dafür im Allgemeinen wohl etwas feingeschtiger sind? Na, man möchte nichts gesagt haben.
Frau Böhme muß leider sehr viele Tabletten nehmen. U.a. gegen Bluthochdruck, doch ansonsten ist sie noch bemerkenswert fit, und die Krücke nützt sie nur wegen einer leichten Kreislaufschwäche, und könnte sie rein theoretisch auch in die Ecke stellen.

Nach der gemütlichen Brotzeit wurde mir mein Nachtquartier zugewiesen: Ein schickes kleines Erkerzimmer voller Bücher, in welchem ein höchst appetitlich und hinzu zitronengelb bezogenen Bett vor einem hohen Fenster, durch das sich nun die Nacht zeigte, für mich bezogen worden war.
Beim Entblößen und Einstieg ins Nachtgewand fühlte ich mich direkt leicht beobachtet, ohne daß dies groß geniert hätte. Zwar bin ich ein sehr prüder Mensch, doch dies wissen die Vorbeipromenierenden ja gottlob nicht, dachte ich währenddessen.

Samstag, 27. September
Celle

Ein wunderschöner, warmer Sommertag.
Nur ganz vereinzelte weiße Wölkchen

Die Nacht ähnelte einem Cevapcici-Spieß: Ein angenehmes Abtauchen ins Nichts wechselte mit anstrengenden Ausflügen ins sagenhaft appetitliche Badezimmer, und eine Spezialität von Frau Böhme ist´s hinzu, ihr wunderschönes Heim überall mit getrockneten und frischen Blumensträußen, aber auch silbernen weichborstigen Haarbürsten für kleine Korrekturen beim Blick in den Spiegel zu schmücken.

Am Morgen war´s sehr still im Hause.
Ich erhob mich in einen Tag hinein, an dem ich gar nichts vorhatte, und der gottlob schön & warm war. Beim Blick in den Spiegel erinnerte ich mich an den Onkel Hartmut – allerdings an selbigen in einer Laune, wenn mit seinem Smartphon etwas im Unlot ist, und selbst durch ein aufgesetztes Lächeln ließ sich der Anblick nur notdürftig erhellen. Meine Frisur, von Buzen noch vor wenigen Tagen mit einem Kompliment bedacht, war auch wieder ins Sprießen geraten, und bildete unter dem Haarreif eine Betonfrisur, die direkt an Gisela Elsner, oder aber zumindest an Königin Beatrix denken ließ.

Gleich zu Beginn begann ich meiner Gastmutti beim Spülmaschinenausräumen zu helfen, wenn auch ich bereits in einem Alter angelangt bin, wo man sich nicht mehr gerne bückt.
Beim Frühstück erfuhr ich, daß der Celler Kirchenmusikus B. verstorben sei. Er starb den jähen Köpfungstod, indem ihm auf einer Reise von Ostfriesland nach Celle sein Cembalo im Auto bei einer Vollbremsung das Genick brach.
Dies erschütterte mich über alle Maßen, zumal Buz im Jahre 1999 einmal bei dessen Familie übernachtet hat. Das Ehepaar hatte ein geigendes Töchterlein, und die Frau des Geköpften hing damals gebannt an Buzens Lippen, da Buz mit seiner magischen Sogwirkung auf Frauen, auch diese hier, eine Dame namens „Beate", kaum kalt ließ!
Frau Böhme scheint ein wenig schwerhörig, indem ihr der Ort „Trossingen" nicht so ganz in den Kopf ging, auch wenn ich ihn mühsam buchstabierte. „Krotzingen?"
Ich erzählte von meiner einzigen Schülerin Frau Linke, die mit ihren 80 Jahren im Vergleich zu Frau Böhme ja noch ein junges Reh ist. Doch man muß als junger Mensch auch Obacht geben, nicht gar zu übertrieben auf Frau Böhmes scheinbarer Jugendlichkeit herumzureiten, denn Zipperlein gibt's durchaus: z.B. den vermaledeiten Bluthochdruck, gegen den Tabletten eingeschmissen werden müssen. Dann erzählte ich plastisch, wie ich meist vier lange Tage brauche, um zu meinen Eltern zu gelangen. Die

erste Reiseetappe jedoch sei eher kurz: Von Aurich zu den Großmanns nach Ostgroßefehn.

Frau Großmann verehrt mich so, als sei ich Lady Di, und wenn ihre Tochter mit den Enkeln zu Besuch ist, und ich mein Kommen ankündige, so versucht sie Tochter und Enkel verzweifelt wieder loszuwerden, da ihr *mein* Besuch viel mehr bedeutet.

Über ihren gemütlichen Mann Wolfgang sagt sie: „Mein Mann hat´s ja nicht so mit der Geige. Aber für Sie macht er eine Ausnahme!"

Ich erfuhr, daß Frau Böhmes Erstgeborener Ulrich demnächst in Pension geht. Dies bedeutet: Mehr Freizeit und weniger Geld. Ein Aderlass, dem die jungen Leute mit Bänge entgegensehen, da man sich ein Leben auf hohem Fuße angewöhnt hat. Das allabendliche Ausgehen z.B. ist für ihn und seine Frau zur Selbstverständlichkeit, wenn nicht gar zur Sucht geworden, da ihnen daheim die Decke auf den Kopf zu fallen pflegt.

Ich durfte ein wenig üben, während Frau Böhme sich noch die Todesanzeigen in der Zeitung vornehmen wollte, die sie an ihrem schicken Schreibtisch interessiert studierte, so daß man von meinem Übwinkel aus nur noch ihre eleganten braunen Schnallenschuhe sah.

Heute hatte ich den ganzen Tag frei, so daß sich der Tag zu Tagesbeginn bildlich gesprochen direkt ein bißchen ausgenommen hat wie ein blankpoliertes kahles Haupt zwischen Frisurresten links und rechts.

Da ich gestern und morgen je ein Konzert hatte und habe, fühlte ich mich ein bißchen wie eine Fliege, die auf einem Glatzkopf herumspaziert. — Hinzu herrschte heut ein so herrlich warmer Sommertag. Ein echtes Geschenk.

Ich lief aus der Ohagenstraße hinaus auf einen S-förmigen Hauptplatz drauf, der das Schloß auf dem Schloßpark umschlingt, und in verschiedenen Armen in die Fußgängerzone hineinmündet. Auf dem Wege rief ich Ming an und erzählte, daß ich mich fühle wie eine Fliege, die über eine Glatze spaziert.
Vom Celler Knast erzählte ich auch: Er befände sich teilweise im Schloß, und das ginge eigentlich nicht an, wie der Entrüstete denken würde, daß die Häftlinge für ihre Freveltaten auch noch belohnt würden, und im Schloß residieren dürfen. Doch sicherlich haben sie alles umgebaut, so daß es innen ganz häßlich geworden ist?

An der Ampel beobachtete ich einen schnauzbärtigen Herrn, dem die Jahre erste Runen ins Gesicht gerafft hatten, und seinen verstockt wirkenden zirka 13-jährigen Sohn.

Ein Autofahrer rief ganz kiebig aus seinem Auto heraus: „Wo hast Du denn deinen Führerschein gemacht?? Im Knast oder wie?"
Tatsächlich stand ein Auto quer im Strom der Fahrenden, offenbar nach Zickeleien seiner

gestreßten Ehefrau in einem Schwapp mit jähem Überschwung in den würstlartigen Verkehr hineingestürmt, („Da hättest du doch jetzt zehnmal faaaahren können, Herrgott nochmal!") und der rundgesichtige Autofahrer in diesem Auto sah so schuldbewußt aus, wie unser kleiner Frosch-Waschlappen zuweilen.

Eine Dame auf dem Fahrrad sagte überraschend: „Sie sind doch Franziska König?" Und reckte mir zu Ehren den Daumen in die Höh´. Weniger nett zeigte sich ein Senior auf der S-förmigen Straßenwindung, als ich mit Ming am Ohre herumlief.

„Rechts vor links!" sagte er maßregelnd und sauertöpfisch.

Einmal ins Telefonieren geraten telefonierte ich auch noch mit meinem Lieblingsvetter Fridolin, der soeben durch Calw schlenderte, dieweil er die Rosa von ihrer Steuerfachprüfung abzuholen gedachte. Wir plauderten ganz lange, und der Friedel war sehr gerührt, und betonte, daß ich seine allerliebste Verwandte sei, und zu diesen Worten sah ich das gerührte Herbstlächeln auf seinem Gesicht direkt vor mir.

Sachlich neutral meinte der Friedel, daß der Onkel Rainer übers Jahr gestorben sein würd: Er habe Metastasen und keine weißen Blutkörperchen mehr, und dies sei das Immunsystem(?).

Auf ein gutes Gedächtnis legt der Friedel keinen Wert – was vorbei ist, ist vorbei, und damit sollte man sich nicht mehr belasten.

Zum Übernachten besuchte ich meine lieben Freunde, die Rohlfings, in ihrem kuscheligen Hexenhäuschen, auf das sie so stolz sind.
Die Sybille, eine gebürtige Kasselänerin, war ja so was an herzlich, und nach einer Weile kehrte auch ihr Mann Karlheinz vom Altersheim zurück, wohin man seine 98-jährige Mutti umgetopft hatte.
Ich erfuhr, daß die Sybille in Kassel aufwuchs, und rasendster Reinhard-Mey-Fän sei.
Für ihn und seine bewegenden Gesänge würde sie ihr Leben lassen!

Sonntag, 28. September
Celle – Grebenstein

Immer noch schön sommerlich, wenn der sehr hellblaue Himmel hi und da auch durch zarte Schwadenwolken leicht „staubig" getönt schien

Wie ein guter Ober war der Karlheinz mit der Frühstückszubereitung zu Gange, und über die Sybille hieß es, sie befände sich auf ihrem allmorgendlichen Spaziergang.

Der Karlheinz hat eine losestimmende, sehr angenehme Wellenlänge, und ich bestaunte das schmucke Haus mit seinen tausend liebevollen Kleinigkeiten, die dem Ganzen eine persönliche Note verleihen. An einer Stelle steht ein künstlerisch aussehender, matt-türkis angepinselter Notenständer aus edlem Holze, auf dem ein schwerer Bildband mit den schönsten Wohnambienten-Fotografien steht, so daß der Wohnfreund trunken werden könnte. Bei vielen von uns wird beim Anblick dieser Bilder die Haben-Haben-App aktiviert – bei mir jedoch leider nicht.

Da sah man durch das Fenster aber bereits die Sybille, leicht und luftig gekleidet wie eine Fee, durch den Garten schweben.

Wenig später setzten wir uns zum Frühstück nieder, und erzählten uns hauptsächlich Geografisches: Daß z.B. die Reise nach Ostfriesland zäh und beschwerlich sei. Das Ehepaar reist gern, und Kalifornien steht bei denen hoch oben auf der Wunschliste.

Ich schwenkte etwas von den geografischen Themen hinweg, die wohl eher für Ü65er von Interesse seien dürften, und modulierte zu einem Hans-im-Glück-Gespräch mit der Grundbotschaft, daß das Leben vielleicht leichter und angenehmer würde, wenn man nicht so viel besäße?

Bei „Prokop" in Wiener Neustadt, so berichtete ich, werden Lebensverbesserungshefte feilgeboten. Für nur 4´99€ wird der Hefterlfreund mit Weisheiten zur Lebensverbesserung eingedeckt. Eines davon heißt:

„Ausmisten!" und wenn auch womöglich nur Dinge drinstehen, die ein Jeder weiß, wird´s ja grad aus diesem Grunde gern gelesen.

Man liest es und denkt froh: „Meine Worte!" oder aber „Was *ich* immer predige!"

Manche, so ich, lesen es, und übertreiben es hernach mit der Ausmistung dermaßen, daß schon von Entwurzelung gesprochen werden müsse. Man überlegt: „Brauche ich mein Auto wirklich? Wäre ich ohne nicht womöglich besser dran? Nie mehr im Stau stecken, keine Autoversicherung, nie mehr einen Platten? – und heißt es nicht „bleibe im Lande und nähre dich redlich?"

Die Sybille, die das „tirrelierend Leichte" liebt - sie kleidet sich in helle, leichte und luftige Gewänder, und trägt stets ein Lächeln auf den leicht gedörrten Zügen - berichtete von einer unkomplizierten Dame, die immer bloß per Anhalter zu fahren pflegt, zumal sie noch niemals schlechte Erfahrungen damit gemacht habe. Sie fotografiert das Kennzeichen mit dem Smartphon, schickt es den Verwandten, die im Falle ihres spurlosen Verschwindens die Fangprämie kassieren würden, und so sind dem Serienmörder die Hände gebunden.

Zähneknirschend muß er sie dort absetzen, wo sie hin will, um sich nicht verdächtig zu machen, denn selbst wenn er ihr in Friesenlogik das Smartphon entrupfte, um es in hohem Bogen aus dem fahrenden Auto in einen Fluß zu werfen, so säße er ja doch in der Falle, wie man beim näheren Hindenken einsehen muß.

Nett und positiv wäre es, wenn die Polizei all die Kennzeichen jener, die den Anhalter ganz brav am Bestimmungsort abgeliefert haben, sammelte, und in einem Ordner auflistete:

„Autokennzeichen von Kraftfahrzeugführern, die als Serienmörder ausgeschlossen werden dürfen".

Der Sybille gefällt es, wenn jemand Vertrauen hat, und an das Gute im Menschen glaubt.

Ich erzählte denen die Geschichte, die ich in einem historischen *Stern* aus den 70er Jahren gelesen habe: Vom geigenden Musterhäftling aus der Zelle in Celle. Nach Verbüßung einer längeren Haftstrafe mußte er nochmals 8 Jahre nachsitzen, da er seiner Ehefrau eins übergebraten hat – tot! Doch heute dürfte er wieder unerkannt irgendwo unter uns leben.

„Ich glaube, er heißt auch Karl-Heinz. Allerdings Karl-Heinz P." meinte ich lose. Dem Karlheinz als langjährigem Bediensteten und zeitweiligen Direktor der JVA müßte er eigentlich ein Begriff sein, bloß daß fast 69,7% jener etwa 22,79% an Häftlingen, die nicht eben Ali, Goran, Alexej, Mohammed oder Ibrahim heißen, „Karlheinze" sind, so daß man vielleicht doch nicht jeden einzelnen davon sofort auf dem Schirm hat?

Klingt dies nicht wie eine raffiniert ausgetüftelte Mathematikaufgabe für die 6. Klasse, die jedoch der Zensur zum Opfer fallen würde?

Die Sybille gab einst Entspannungskurse in der JVA, und damit sie sich den Häftlingen gegenüber unvoreingenommen benimmt, wollte sie gar nicht wissen, was die so ausgefressen haben.
Einmal veranstaltete das Gefängnis „den Tag der offenen Tür", und dies fand man allgemein so köstlich!

Gestrige Worte von Friedel zirkulierten mir durch den Kopf: Daß der Rainer in *einer* Hinsicht arrogant sei: Er gibt kein Geld aus, und wenn er dem Friedel kein Flugticket zahlen will, so mag der Friedel auch nicht hinreisen, um ihn zu besuchen – so einfach ist das.
Gestern kam ja noch ein neues Update vom Rainer über den Stand seiner Gesundheit – wie gewohnt auf englisch:
Am 30.9. würde die Tortur fortgesetzt, doch in Rainers sonnig-optimistischen Briefen wirkte dieser Passus vergnüglich und verbindend.
Ein kleiner Wermutstropfen ließ sich dennoch herauswringen:
Nach der Bestrahlung dürfe er 90 Tage lang nicht reisen, doch das Rainerlein fand auch hierbei etwas Positives: Mit dem gesparten Geld ließen sich hernach um so mehr Vergnügungen veranstalten.

Ich rief Ming an, weil mir ein lustiger Schüttelreim eingefallen war. Ein Scheidungsschüttling:

Als mir meine Exe die Brut entwand
Da fühlte ich mich wutentbrannt

Nach dem Konzert in Völksen gab es eine Frage- und Antwortstunde wie nach einer Dichterlesung: Fragen aus dem Publikum wollten beantwortet werden, und ich *über*beantwortete die Fragen zuweilen gar. Eine bebrillte junge Dame frug, wieviele Stunden ich am Tage wohl zu üben pflege, und nachdem ich eine banale, praktisch unverwertbare Antwort auf diese schöne Frage gegeben hatte, rief jemand von hinten: „Lauter bitte!" so daß ich die Banalität in leicht variierter Form verlegen wiederholen mußte.

„Dies variiert von Tag zu Tag. Es wird uns Geigern nahegelegt jeden Tag 6 – 8 Stunden zu üben, – und hier könnte man eine kleine Anekdote einflechten….

Historische Erinnerung aus den frühen 50er Jahren:

Der junge Buz hatte sich vorgenommen, ein Spitzengeiger zu werden. Und ein Spitzengeiger müsse wohl jeden Tag acht Stunden lang Violine üben, so dachte er damals.

Um sich den nötigen Anreiz zu verschaffen, schmierte er sich allmorgendlich in den frühen Morgenstunden acht köstliche Quarkenbrote, mit denen er sich nach jeder einzelnen Stunde zu belohnen gedachte, und die so appetitlich mit Quark und dunkelroter Johannesbeermarmelade beschmierten Brote lagen in Sichtlinie des

Geigenden auf dem Bügelbrett herum, so daß die Omi ihr Bügelbrett nicht mehr benutzen konnte. Da aber auch der emsigste Geiger kaum jemals acht Stunden zusammenbringt, lagen abends vor dem Bet-gang meist noch 4 – 5 Brote herum.

Dann frug jemand, ob Bach wohl auch Geige spielen konnte?
Aber natürlich! Und wenn nicht, so hätte Buz ihm diese Kunst doch wohl im Handumdrehen beigebracht, denn Bach sei ja gottlob hochintelligent gewesen – brüstete ich mich mit einem Wissen, das mit diesen Worten wohl kaum irgendwo zu lesen ist!
Eine Dame wollte wissen, ob ich immer ohne Noten spiele, und eine andere machte ein Kompliment, daß es so entspannend sei, wenn ich ganz leise spiele.
„Die Polarität muß natürlich auch sein!" beeilte sie sich, zu sagen.

Nach dem Konzert war ich so unentschlossen, wo ich wohl hinfahren solle, aber Aurich war mir plötzlich zu weit.
Diese Überlegung teilte ich Ming nun am Händi mit.
Ming berichtete, daß er morgen ein Konzert im Schloß Gödens vor lauter Bänkern gibt.
„Ach sooo, ich dachte „Denkern"!" lachte ich ins Händi hinein.

Ich telefonierte noch mit Herrn Henrieß, einem Herrn, der um Rückruf gebeten hatte, doch Herr

Henrieß klang so unverbindlich, wie ein kühler Musterschüler, der aus einem steifen Hemdkragen mit hängender Krawatte heraus spricht.

Montag, 29. September
Grebenstein

Zunächst wunderbarer Sonnenschein.
Dann grimmige Wolkenüberzüge
und ein paar Tränchen am Nachmittag.
Noch ist´s schön warm, doch man frägt sich:
„wie lange noch?"

Nach Mitternacht rief der Onkel Hambum an. Die Suvelacks, bis unter die Haarwurz mit Sekt befüllt, waren verabschiedet worden. Der Onkel gab sich warm und schmuserig, nannte mich „sein kleines Nichtchen", und bedauerte es außerordentlich, nicht nach Grebenstein zu kommen.

Pfarrer Abel ließ wissen, daß er überraschend in Pension geschickt wurde, und nun nach Heiligenstadt bei Wien übersiedeln wird, – die treue Schwester Veronika im Gepäck, und in einer Sammelmail bat er uns Freunde & Jünger um ein begleitendes Gebet.

Man könnte jetzt ganz entgeistert zurückschreiben: „Ist es nicht hochbedenklich, einen betagten Herrn in diesem Alter noch zu verpflanzen? Vorsicht, Alzheimergefahr!"
Hernach stieg ich ins Bett, in welchem ich dann am nächsten Morgen, von der erholsamen Nachtesruhe wohlig durchknetet drinnelag.

Ich begoogelte Kyung Wha Chung, eine ältere koreanische Spitzengeigerin, die ich als so erschreckend häßlich empfand, bis auf der Bildkette plötzlich ein Bild aufschien, auf welchem sie fröhlich, diabolisch und enthemmt laut lachte, und dies infernalische Gelächter hatte die Häßlichkeit – ein boshaftes runzeliges Gesicht mit Killerinstinkt - kurz hinweggeschwemmt, bloß daß Selbige nach Abebben der Erheiterung in alter Erbarmungslosigkeit wiederauferstand.
(„Sie ist so lange nett, wie die Kasse stimmt")
Ich machte mich ein wenig über diese erstaunliche Frau kund:
Sie heiratete zunächst einen britischen Geschäftsmann, und nahm die britische Staatsbürgerschaft an. Dann heiratete sie einen Amerikaner, und nahm die amerikanische Staatsbürgerschaft an. Doch dann besann sie sich auf ihre Wurzeln, und kehrte nach Südkorea zurück.
An die Bea dachte ich natürlich auch:

Quer über den ganzen Tag verteilt, haben sich lauter kleine Lymphknötchen mit grollenden Gedanken gegen die Bea gebildet.

An einem Passus in meinem Tagebuch kann die Bea ja wohl kaum vorbeigekommen sein?

„Die Bea mit ihrer häßlichen Art, einen beständig vor den Kopf zu stoßen!"

Die Bea hat diesen häßlichen Teil ihrer Persönlichkeit jahrzehntelang ausgelebt, ohne sich im geringsten etwas dabei zu denken. Im Gegenteil: Sie empfand es immer als urig und originell, erlaubte es sich jedoch stets nur bei bestimmten Personen, von denen sie sich wünschte, diese Personen würden sich dahingehend ändern, wie *sie* sie gerne hätte!

Während sie bei anderen, vorwiegend bei Herren, gern das liebreizende Hascherl hervorkehrt.

Und in meinem Falle wünscht sich das Beätchen, daß ich mich dahingehend ändere, daß ich eine steile Karriere mache, und einen reichen Mann suche und finde.

Ich schrieb einen lieben Brief an meine Freundin Hedi, und ließ wissen, daß mein Vetter Heiner bis vor kurzem noch frei gewesen wäre. Jetzt habe er zwar eine Neue namens Caro.

Da es allerdings bereits die Sechste in diesem Jahre sei, empfiehlt es sich, „am Ball zu bleiben" schrieb ich vieldeutig mit dem Pfiff einer normalen Ü50erin, die die Männer nach all den Enttäuschungen nur noch als lächerliche Spielbälle anzusehen scheint.

Dann loste ich aus, Onkel Dölein zu schreiben, und dieser Auslosepunkt dehnte sich über Gebühr. Wie beim Anwalt Hillers in seinen Schriftstücken hatte sich binnen Kürzestem ein regelrechter Textwust gebildet:
Voller Poesie und weitausholend schrieb ich über die Aussicht aus meiner Grebensteiner Stube auf die Bahngleise. Seit über hundert Jahren fährt ein Regionalzug um 17:01 ab Kassel HBF Richtung Hümme.
Jahrzehntelang bestieg unsere Omi abends nach der erfüllenden Arbeit im Anwaltsbüro den Zug nach Hause. Die Taschen prall gefüllt mit Illustrierten aus dem Wartezimmer, sowie mehreren schlanken und packenden Taschenbüchern aus der Bahnhofsbuchhandlung, und alles, was in Omis Leben bedeutsam sein sollte, spielte sich in diesem Zug ab, der auch heute noch allabendlich an meinem Fenster vorbei fährt. In den Wintermonaten geheimnisvoll mit seinen wie aus dem Nichts aufscheinenden Lichtern.
Ohne Omis Begegnung mit einem Anwalt namens Gerhard, der ebenfalls im Zug saß, wäre alles anders gekommen.
Dann erinnerte ich daran, daß Döleins Sohn David heute Geburtstag habe, und wollte interessiert wissen, was aus ihm wohl geworden sei?
Die jungen Männer, - so auch Beätzhens Sohn Rifflein, wollen heut allesamt als Liedermacher tätig sein.

Meine Freundin Ulla beispielsweise habe drei Söhne, die alle drei Liedermacher geworden sind.

Der Jüngste ist mit einer Amerikanerin verheiratet, und trägt seine schmerzerfüllten Songs somit auf englisch vor. Doch Liedermacher würden ja immer gebraucht! machte ich dem Onkel Mut.

Dann schrieb ich noch eine epische Abhandlung über das Walter-Hurst-Syndrom*.

„"„Ooooh Kika!" würde die Bea jetzt schreiben", schrieb ich: "Kannst Du nicht *einmal* etwas Kluges und Vernünftiges schreiben, so wie ein normaler Mensch?"

Mich bewehte die Idee, daß den Passagen, so vergnüglich und originell sie für mich auch sein mögen, etwas pubertäres und höchst unreifes anhaftet, und der Onkel – der amerikanische Onkel – könne sie womöglich in den falschen Hals bekommen?

Denn ich schreibe über das Walter-Hurst-Syndrom ja solcherart, als handele es sich dabei um ein Naturgesetz, und Onkel Dölein hat doch gewiss andere Bestrebungen, als in Heimaterde bestattet zu werden? Also löschte ich einen ganzen Topflappen an Buchstaben wieder hinweg.

*Das Walter-Hurst-Syndrom: Benannt nach einem Herrn mit Namen Walter Hurst, wie der Name schon sagt. Walter Hurst lebte etwa 60 Jahre lang in Australien, doch dann breitete sich das Bestreben „in Heimaterde bestattet zu werden" immer dringlicher in ihm aus, so daß er nach Mannheim zurückwanderte.

Stattdessen tippte ich nun etwas anderes und erzählte, wie der Opa uns einst immer so interessante Bücher vorlas, und uns somit fürs Leben prägte, indem wir jetzt auch gern so viel Geld in der Tasche hätten, wie einst der dicke Ezechiel.

Ich saß bei der Ulla auf der Terrasse.
Auf den geschmackvoll, und bunt gemusterten Polstern am langen Tisch saßen wir so da und aßen zuckerbestäubte Berliner. Die naschhaft veranlagte Ulla hatte die bei ALDI erblickt, und sofort freudig zugegriffen.
Leider sieht's mit Ullas Gesundheit schlecht aus, und dabei könnte das Leben so schön sein, denn eigentlich saß man ja hier auf einem kleinen Paradiesflickerl, zumal die roten Äpfel am Baum in Ullas Nacken so verheißungsvoll ausgeschaut haben.
Doch in der Nacht hatte die Ulla eine Schmerztablette einschmeißen müssen, da sie Hüftschmerzen bekam, und auch die Sehnen über dem Hüftblatt sich porös und entzündet anfühlten.
Und von der Tablette bekam sie sodann Sodbrennen.

Dienstag, 30. September
Grebenstein

Zunächst dunkelgrau bedeckt, dann Regen.
Schließlich lächelte die Sonne ein ganz kleines bißele
durch die Wolken, doch bald schon wurde es neblig
und hinzu viel zu früh dunkel

Udo Jürgens, ein Denker & Dichter, der sich nicht mit oberflächlichem Gequassel zufriedengibt, erläuterte der Allgemeinheit, daß bei einem guten Abschiedsong der Tod hindurchschimmern müsse, doch dies sei zum gegenwärtigen Zeitpunkt seines Lebens noch kein Thema, und so heißt die nächste Tournée die er plane „Mitten im Leben".

Ich schaute eine Club2-Diskussionsrunde aus dem Jahre 1992 mit Andrea Seebohm an. Einer Dame, die ich aufgrund ihrer scheußlichen Stimme und ihrem dümmlichen Wesen von ganzem Herzen nicht leiden kann, und saß stellvertretend für den Dr. Harmer wie auf Nesseln, was da wohl immer für ein dummes Zeug um ihn herumgegackert wird: Immer am Kern der Sache vorbei.
Ein wie gewaschen wirkender Ordinarius stimmte sein Sing-Sang ein, und als er mit Vehemenz über die Faktoren wie das Rauchen sprach, lächelte der Harmer überlegen, und sah dabei wie ein gnitzer Adeliger aus. Dann aber verlegte er sich darauf, statt

spöttisch-aufbrausend, ganz liebevoll und sorgsam erklärend zu reden, doch der Ordinarius sträubte sich gegen die wohltuende Stimme der Vernunft, und versuchte krampfhaft an seinem Wissen festzuhalten, das offenbar zum Bröckeln gebracht werden sollte, da Rübezahl ihn zu bepusten schien, so daß er sich noch fester an dem Bäumchen seiner Erkenntnis festhalten mußte.

„Sie als Repräsentant der Schulmedizin…"

„Ich lasse mich von Ihnen in keine Ecke drängen!" rief der kleine Mann zwiefach erbost.

Die ganze Zeit war das kleine Städtchen Grebenstein von einer grimmigen dunklen Wolke verhüllt, und einmal regnete es klatschend wie in Afrika.

Man sprach von einem Kind, das genau einen Tag vor der geplanten Impfung starb. Doch dies kam mir merkwürdig vor. Müsste es nicht „nach" der Impfung heißen? Wieso sollte man einen Tag vor einer geplanten Impfung sterben – und wenn doch, was hat dann die geplante Impfung damit zu tun?

Will man uns damit sagen, daß sie um einen Tag zu spät kam?

Die Geschichte wurde mit Fleiß falsch herum kolportiert. Man veränderte ein paar wenige Buchstaben, und schon hatte man ein wachrüttelndes Beispiel zur Hand, das zur Umkehr des Denkens bewegen möge.

Abends schaute ich einen sehr interessanten Film nach einem Roman von Johannes Mario Simmel:

„Niemand ist eine Insel", in welchem Iris Berben eine Schauspielerin spielt, die sehr in ihrem Unglück badete: Sie mußte eine Behinderten-Gala moderieren und tat dies in gewohnter Professionalität, bloß, daß sie hernach in der Garderobe lauter Ungeheuerlichkeiten von sich gab.
Die wurden jedoch aufgezeichnet und zum Erpressen verwendet – und wer war´s? Ihre engste Vertraute, die auf *ihren* Lover spitz war.
(Im Duschraum ließ sie die Hüllen fallen. ← allerdings vergebens, denn der Beau hatte soeben eine Andere durchgebumst, und so stand ihm nach einer weiteren Bumsszene nicht der Sinn.)

Personenverzeichnis

Abel, Pfarrer, Geistlicher und Freund aus Fulda (*1939)
Akiko, unser liebes Kindermädchen in Taiwan (*um 1934 – doch ob sie noch lebt?)
Antje, Exfrau vom Onkel Rainer – meine Lieblingstante in Bonn (*1939)
Axel, Bratschenschüler Buzens. Ein sog. „Kärntner-Bursch" (*1967)
Beätchen, (Bea) Tante mütterlicherseits in Kalifornien (*1943)
Birgit, Omi, Mings Schwiemu (*1953)
Bockelmann, Tamme, Klavierstimmer in Ostfriesland (Geburtsjahr unbekannt)
Breitsching, Herr, sympathischer Bauer in Ofenbach (*1940)
Carry-Lee, (*2011) Söhnchen von Buzens Schülerin Han-Lin
Charles, (*2006) Söhnchen von meiner Kusine Linda in Amerika
Charlotte, Nachbarin in Aurich (*1950)
Coco, (*2008) Töchterlein von Tante Beas zweiter Tochter, dem Jennylein
Dölein, geliebter Onkel mütterlicherseits in Florida (*1936)
Doris, Schülerin Buzens (*um 1980)
Eberhard, Onkel väterlicherseits in Paris (*1947)
Frauke, alte Studienkollegin in Trossingen (*1964)
Friedel, Sohn vom Onkel Rainer, mein Lieblingsvetter in Bonn (*1962)
Gaßmanns, Familie in Worpswede
Girod, Hans, Autor (*1937)
Han-Lin, Schülerin Buzens und Primgeigerin im Jadequartett (*1974)
Hansen, Robert, Prostituiertenmörder aus Alaska (1939 – 2014)

Hans-Hermann, lieber Freund der Familie in Leer/Ostfriesland (*1949)
Hans-Peter, schwäbischer Ehemann von Buzens Schülerin Han-Lin (Geburtsjahr unbekannt)
Hartmut (Hambum), geliebter Onkel in Münster und Potsdam (*1945)
Hedi, Freundin in Bonn (*1966)
Heifetz, Jascha, Idol Buzens auf der Violine (1901 – 1987)
Heiner, Zwillingsbruder von meinem Lieblingsvetter Friedel in Bonn (*1962)
Hilke, Buzens Exe (*1964)
Hold, Alexander, Fernsehrichter (*1962)
Hoogestraat, freischaffender Journalist in Ostfriesland (Geburtsjahr unbekannt).
Irene, Kusine zweiten Gerades von Rehlein in Ofenbach (*1944)
Jamison, Enkelchen von meinem Onkel Jesse in Kalifornen (*2011)
Jennylein, zweite Tochter von der Tante Bea – in Kanada lebend (*1975)
Jesse, zweiter Ehemann von meiner Tante Bea in Kalifornien (*1946)
Jorberg, (*1928) Lebensgefährte von unserer Freundin Veronika im Schwabenland
Jörg, der nackte, nackter Herr in Frankfurt (Geburtsjahr unbekannt)
Josef, Opa, (*um 1930) Vater von meiner Freundin Maria
Jürgen, Schuldirektor im Ruhestand in Aurich und ehrenamtlicher Helfer im Musikalischen Sommer in Aurich (*1950)
Jutta, Exe vom Jürgen und liebe Freundin von mir (*1956)
Kavakos, Leonidas, berühmter Geiger (*1967)
Kehrwald, Frau, Klavierlehrerin in Basel (*1947)
Kionczyk, Frau, verstorbene Mutter von meiner Freundin Edith in Grebenstein (1919 – 2006)

Kläuschen, (*1934) dritter Ehemann von meiner Lieblingstante Antje in Bonn
Klepetko, Walter, berühmter Thoraxchirurg in Wien (*1955)
Kremer, Gidon, weltberühmter Violinist, der uns im Laufe der Jahre sehr ans Herz gewachsen ist (*1947)
Luca, Söhnchen von Tante Beas Tochter Jenny in Kanada (*2010)
Mareike, renommierte Cembalistin (*um 1970)
Maria, liebe Freundin in Aurich (*1964)
Matthias (der kleine), einer meiner wenigen Schüler – aus Trossinger Zeiten (*1980)
Miette, Töchterlein von meiner Kusine Linda in Kalifornien (*2004)
Mireille, alte Freundin in Frankfurt. Sprechstundenhilfe (*1966)
Mobbl, Omi mütterlicherseits (1910 – 1999)
Mullova, Viktoria, berühmte Geigerin (*1959)
Münch, Frau, meine Sekretärin in Aurich (*1943)
Nicole, Schülerin Buzens und liebe Freundin (*1971)
Oetken, Frau, greise Nachbarin in Aurich/ Ostfriesland
Olga Nodel, Geigerin in Worms (*1966)
OSL, Körperschaft im Operettenstaat Ostfriesland
Poppis, Freunde in Ofenbach
Pusinger, Rosalie und Wolfgang, Eheleute in Arnstadt (geb. je um 1950)
Rader, Dennis, Lustmörder und Kirchenpräsident aus Wichita Kansas (*1945)
Rohlfings, Sybille und Karlheinz, Eheleute in Celle (*Er *1952, Sie *1944)
Rolf, Lehrer in Aurich (* um 1955)
Rose, Juanelva, Buzens Pianistin in jungen Jahren (*um 1928 – weiterer Lebensweg unbekannt)
Rübel, Geistlicher in Aurich (*1934)
Preller, Kirchenmusiker in Arnstadt (*1945)
Seebohm, Andrea, Talkmeisterin im ORF (*um 1942)
Sieben, Herr, unser Deutschlehrer in Aurich (*1949)
Skowronnek, Bratschenspieler (Geburtsjahr unbekannt)

Söring, Jens, Häftling in den USA (*1966)
Steck, Anton, Barockviolinist Geburtsjahr unbekannt
Suvelacks, älteres Ehepaar in Münster, das seit Jahrzehnten jeden Sonntag zu einem Umtrunk bei Hartmut & Christa erscheint
Tien Wha Yang, chinesische Spitzengeigerin aus Kassel (*1987)
Veronika, langjährige liebe Freundin (*1945)
Veronika, Schwester, Haushälterin vom Pfarrer Abel, Geburtsjahr unbekannt
Weimers, ehemaliges Direktorenehepaar der Musikhochschule Trossingen
Yüsslein, (*1999) Söhnchen von Buzens Exe Hilke
Zieger, Jochen, Rehleins erste Liebe (1939 – 2014)

Und weiter geht´s im nächsten Band…

Erscheint am 13. April 2020

Besuch uns doch mal hier!
☺

http://www.franziska-koenig.de
http://www.erikoenig.de/
www.musikalischersommer.com

https://www.facebook.com/pg/MusikalischerSommer/photos/?ref=page_internal

https://www.twentysix.de/shop/catalogsearch/result/?q=Franziska+K%C3%B6nig

https://www.facebook.com/Franziska-K%C3%B6nig-Autorin-2737467786270436

Danke!